길_위의
오체투지

길__위의
오체투지

.
.

(사) 세상과함께
엮음

푸른역사

사람·생명·평화를 소중히 여기는
당신께 이 책을 드립니다.

2003년, 평화와 생명의 존엄성을 간구하며 천주교, 불교, 원불교, 기독교 성직자들이 새만금 해창갯벌에서 서울 광화문까지 65일간 322킬로미터를 삼보일배로 걸었습니다. 이는 단순한 행진이 아니라, 개발 지상주의에 빠진 세상을 탓하기에 앞서 자신의 내면부터 성찰하고자 하는 취지에서 비롯되었습니다.

2008년과 2009년에는 천주교, 불교의 성직자들이 지리산 노고단에서 출발해 계룡산 신원사를 거쳐 임진각 망배단까지 355킬로미터를 124일간 날마다 천 배의 오체투지로 걸으며 평화와 생명의 소중함을 되새겼습니다.

이렇듯 삼보일배三步一拜 오체투지五體投地 순례는 사람과 환경과 생명 존중의 정신을 담고 있습니다.

그로부터 20년이 흐른 지금, 우리는 한계 상황에 내몰리고 있습니다. 전쟁과 기후 위기, 환경 파괴로 다가올 미래가 불투명해지고 있습니다. 20년 후에는 우리 아이들이 대한민국의 사계절 경치를 직접 누리기 힘들어질 수 있습니다. 그저 글과 사진으로만 그 풍광을 간접적으로 체험해야 할 안타까운 일이 벌어질지도 모릅니다.

(사)세상과함께는 현재 전 세계가 직면한 기후 위기라는 상황 속에서 우리 사회와 지구가 안고 있는 문제들을 해결하려면 삼보일배 오체투지의 정신이 절실히 필요하다고 판단해, 그 의미를 되새겨 보기로 했습니다

이에 삼보일배 오체투지에 관한 간행물 발간을 기획해, 2021년 4월부터 10명의 활동가로 편집팀을 구성해 인터넷 기사와 개인 자료 등 각종 자료 수집과 인터뷰를 진행했습니다. 이후 4명의 기획팀이 자료를 정리하고 보완해 12월에 약 1만 페이지 분량의 12권 자료집을 완성했습니다.

자료집 작업을 마치고 난 뒤, (사)세상과함께는 삼보일배·오체투지에 참여했던 모든 분이 전해 준 '사람·생명·평화'에 관한 이야기를 더 많은 이웃과 공유해야 한다고 생각했습니다. 이에 여러 차례 논의를 거듭한 끝에 출판을 결정하고, 어린아이부터 연로하신 분들까지 누구나 삼보일배 오체투지 정신에 쉽게 다가갈 수 있도록 당시 성직자와 참여자 분들의 모습과 말씀을 있는 그대로 담백히 옮긴 책을 펴내게 되었습니다.

아울러 기존의 약 1만 페이지 분량의 자료는 이후 연구, 토론, 조사 등을 거쳐 공론화 작업을 진행할 계획입니다. 서록 발간과 더불어 이 정신이 지속적으로 확산되고 논의되기를 기대합니다.

서록에는 삼보일배 오체투지 당시 참여했던 분들의 이야기가 고

스란히 담겨 있습니다. 이 책은 지네처럼 기어 오체투지 순례를 이어 나가며 눈물과 땀방울을 흘리고, 자벌레와 갯지렁이와 눈을 마주치는 길을 걸었던 이들의 이야기입니다.

어리석은 마음을 내려놓고 가장 낮은 자세로 자신을 성찰하며 참회했던 이들의 마음, 권력에 대한 요구보다는 서로 연대하며 상생과 평화를 나누고자 했던 열린 마음들이 있습니다.

우리 내면의 작은 생명과 평화의 목소리를 간직하고, 인간과 자연의 상생으로 환경 문제를 해결하고자 했던 마음들도 있습니다. 남 탓하기에 앞서 자신부터 변화를 추구하며 생명 평화를 이루고자 했던 이들의 다짐과, 예수님처럼 이웃과 세상을 겸손히 섬기려 했던 마음들도 담겨 있습니다.

모든 생명체 간 용서와 공존을 기도하고, 지구와 인간과 자연이 하나라는 큰 연민을 가졌던 열린 마음들, 생명 존중의 정신을 실천하려 했던 이야기들입니다. '너는 나의 뿌리이며, 나 또한 너의 뿌리'라는 평등과 공동체 정신을 갖고 나부터 돌아보는 성찰의 자세로 상생의 길을 걸었던 많은 분의 발자취입니다.

개인의 내면 성찰과 실천이 이웃과 지구를 사랑하는 마음으로 이어질 때 비로소 기후 위기 등 인류가 직면한 난제들을 해결할 수 있을 것입니다.

(사)세상과함께는 이 같은 철학을 바탕으로 개인과 사회, 지구적 차원에서 상생의 길을 모색해 나갑니다. 전쟁과 빈곤, 차별로 고통받

는 이웃들의 생명과 평화를 지키고자 부모 품을 잃은 6,000여 명의 미얀마 아이들에게 의식주와 교육을 지원하며, 내전으로 한순간에 모든 것을 잃고 피신한 피란민들에게 지속적인 구호품을 보냅니다. 국내 발달 장애인들의 교육과 자립을 돕는 활동도 이어갑니다.

또한 (사)세상과함께는 모든 생명체가 소중하며 서로 연결되어 있다는 사실을 널리 알리고자 합니다. 인간도 자연과 더불어 숨 쉬며 살아가기에, 환경 문제를 해결하는 것이 중요합니다. 전국의 환경 문제들을 조사하고, 그 정보를 나누며, 실천할 수 있는 대책을 찾는 등 다방면으로 노력합니다. 2020년부터는 '삼보일배오체투지 환경상'을 제정해, 어려운 여건 속에서도 환경을 보호하고자 최선을 다하는 활동가들을 응원합니다.

사람·생명·평화의 길에서 한 개인이 일상의 자기 삶을 잘 살아 내는 것이 너무나 중요합니다. 욕심에 기반한 삶이 아닌 깊은 성찰과 양심적 실천이 필요합니다.

현대 사회에 개인주의와 이기심이 만연한 가운데, 건전한 공동체 의식을 갖추는 것이 인류가 직면한 기후 위기 문제 해결을 위해서도 시급합니다. 공멸 위기에 놓인 현대 문명의 문제를 고민하고, 우리의 가치관과 사회 구조를 반성적으로 성찰해야 합니다. 이를 위해 개인과 공동체가 변화하고, 대립이 아닌 협력과 이해를 바탕으로 사회가 발전해 나가야 합니다.

삼보일배 오체투지 정신이 내포한 사람·생명·평화의 길은 우리를 공존과 상생으로 이끌어 줍니다. 이 길을 통해 우리는 밝은 미래를 향해 나아갈 수 있을 것입니다.

이 책과 함께하는 시간이 우리 내면의 작은 생명과 평화의 목소리에 귀 기울이는 소중한 순간이 되기를 바랍니다.

(사)세상과함께 발간위원회

송옥규

사람·생명·평화의 길에
함께하며

"새만금이 묻히고 있었습니다. 강이 더 큰 인공의 강—대운하—에
수몰된다 했습니다. 땅이 땅에 묻혀 숨 막혀 하고, 물이 물에 빠져
허우적거리는 모습을 차마 지켜보고만 있을 수 없었습니다."

수경 스님이 2003년의 삼보일배와 2008~2009년의 오체투지를 회상
하며 하신 말씀입니다.

삼보일배 오체투지 순례에 참여한 문규현 신부님은 이렇게 말씀하십
니다.

"삶의 근본, 원초적인 힘을 회복해야 합니다. 그러자면 외면하고
잊고 있던 가치를 기억하고 찾고 선택해야 합니다. 허위와 위선과
탐욕은 버리고 진짜 내가 되기 위해, 허망한 유혹이나 욕심을 비우
고 진정 마음에 묵직하게 간직해야 하는 가치는 무엇이냐고 자신

에게 물어야 합니다."

돌이켜 보면 삼보일배 오체투지 순례는 인간 생명만 중요한 것이 아니라 산줄기, 강줄기도 생명이라는 것을 인식하고, 우리의 오만을 반성하며 자연과 하나 되어 우리의 문명을 좀 더 오래도록 유지하려면 어떻게 살아야 하는지를 숙고하고 기도하는 참 귀한 시간이었습니다.

20여 년이 지난 지금 우리는 여전히 인간성 상실의 문제와 공동체의 붕괴, 그리고 자연환경을 파괴해 생기는 기후 위기의 문제를 안고 살아갑니다.

이 책에는 삼보일배와 오체투지 전 과정에서 당시 순례에 참여했던 다양한 분들의 담담하지만 절실한 글과 목소리가 담겼습니다.

이들은 지구에 함께 사는 모든 생명체의 평화로운 공존을 말합니다. 인간의 탐욕이 빚은 자연환경 파괴와 기후 위기를 가장 낮은 자세로 참회하고자 합니다. 고통과 눈물로 삼보일배 65일과 오체투지 124일을 함께했던 이들이 가슴속 깊이 간직했던 사람·생명·평화의 길을 말합니다.

이들이 말했던 사람·생명·평화의 길은 우리 사회가 지금 당면한 문제들을 해결하는 데 나침반 같은 역할을 할 것입니다.

기후 위기는 지구상에 사는 모든 생명체가 함께 맞이하고 있습니다. 우리가 지금의 방식대로 개발과 성장 그리고 소비만을 추구하는 욕망의 삶을 살아간다면 모두 공멸하고 맙니다. 이 책에서 말하는 대로 나부터 성찰하고 참회해 가며 이러한 삶의 태도를 멈춰야 합니다.

책을 읽는 동안 내내 짧은 글 속의 많은 시민의 목소리가 가슴으로 전해져 왔습니다.

이 책이 '나'에서 '우리'로, '사람' 중심에서 '모든 생명체'로 삶의 중심을 확장하고, '소비'를 지향하는 생활에서 '나눔'을 지향하는 생활로 바꾸어 가는 계기가 되었으면 좋겠습니다.

새로운 문명 세상을
꿈꿉니다

내 고향은 전라도 고부입니다. 어려서부터 동학군 이야기를 줄곧 듣고 자랐습니다. 집에서 멀지 않은 곳에 우리 논이 있었고 조금 더 떨어진 언덕에 밭이 있었습니다. 마루에 서면 끝없이 펼쳐지는 황금 들판이 지금도 눈에 선합니다.

우리 집은 내가 중학교 다닐 무렵 어머니가 원불교에 귀의했고 얼마되지 않아서 아버지도 입교했습니다. 나도 자연스레 어머니를 따라 교당을 다니게 됐습니다. '물질이 개벽되니 정신을 개벽하자'라는 표어나 '새로운 문명 세상'에 관한 이야기들은 가슴을 설레게 했습니다. 나에게 원불교 출가는 자연스러운 일이었습니다. 지금 생각하면 숙연이었습니다. 운명 같은 거였습니다.

50대 초반, 익산에 소재한 문화촌 교당에 부임했습니다. 법당도 제대로 갖추어지지 않은 개척 교당이었습니다. 사회개벽교무단에 참여하던 나는 주위에서 새만금 삼보일배가 논의되자, 뒤에서나마 조력하기로 마음먹었습니다.

솔직히 고백하면 나는 준비되지 않았습니다. 정신은 둘째 치고 무릎 보호대조차 준비가 없었습니다. 첫날 저녁 어느 시골 성당 마당에서 텐트를 치고 자는데 침낭도 없어 추워서 죽을 뻔했습니다. 문득문득 겁이 났습니다. 한 사흘은 고민했던 것 같습니다. 부안을 지나 옥구 벌판에 들면서 비로소 결심이 섰습니다. 신부님과 스님의 결연하신 모습을 뵈니 나 자신이 많이 부끄러웠습니다. 문규현 신부님이나 수경 스님은 이름은 익히 알았지만 이렇게 가까이서 함께해 본 것은 처음이었습니다. 두 분의 격려와 호렴護念(아끼고 살피고 북돋아 주는 마음)이 나를 붙잡아 세워 주었습니다. 그제야 정신이 든 나는 왜 내가 새만금 삼보일배에 나섰는지를 스스로에게 묻고 비로소 삼보일배에 온전하게 집중했습니다. 평생 잊지 못할 고마우신 분들입니다.

우리가 하늘 없이 살 수 있는가? 땅이 없이 살 수 있는가? 햇빛과 바람과 구름과 물과 초목이 없이 살 수 있는가? 산과 강과 바다와 숲이 없이 살 수 있는가? 허공에 날짐승과 산과 들에 들짐승들과 곤충 미물들까지, 강과 바다의 물고기들과 땅속에 이름조차 알 수 없는 수많은 생명들…. 이런 것들은 내 생명과 삶과는 어떤 관계가 있을까? 출가해서 오랫동안 품어 온 화두였습니다.

옥구 들판을 지나 저 멀리 군산이 바라다 보이는 곳에서 잠시 쉬는 시간. 그날 따라 지친 모습으로 대중과 한 발짝 떨어져 논두렁에 앉아 멍하니 먼 산을 바라보았습니다. 발 아래로 이름을 모르는 작은 꽃들이 무수히 피어 있었습니다. 아름다웠습니다. 화려하지는 않았지만 당당해 보였습니다. 비록 누가 보아 주지 않는 시골 논두렁에 핀 작은 꽃이지만 저마다 기죽지 않은, 생기가 넘치는 것이 보기가 좋았습니다. 발을 살짝 들어보니 짓밟혀 상처 입은 그대로 환하게 웃었습니다. 개불알꽃(봄까치꽃)이었습니다. 갑자기 내가 초라해 보였습니다. 알아 달라고 갈구하고 상처받고 원망하고 찌그러진 내 모습이 보였습니다. 속내가 몹시 부끄러웠습니다.

봄 중순이었지만 제법 쌀쌀했습니다. 일보일보우일보一步一步又一步 일배일배우일배一拜一拜又一拜, 걷고 걷고 또 걷고 절하고 절하고 또 절했습니다. 시골 한적한 길에 삼보일배도 편안했습니다. 번민도 많이 고요해졌습니다.

우리는 생명이 소중하다고 배웁니다. 그렇습니다. 생명은 소중합니다. 배워서 소중한 것도 맞지만 생명을 깊숙이 관찰하고 음미하고 교감하면 왜 생명이 소중한지를 스스로 알게 됩니다. 낱 생명의 소중함도 알게 되지만 생명과 생명이 어우러진 하나의 큰 생명에도 눈뜨게 됩니다. 생명은 동일체同一體입니다. 하나의 몸입니다. 사생일신四生一身입니다. 우리 생명의 몸은 천차만별로 각기 나뉜 것처럼 보이지만 실은 온전한 하나의 생명체입니다. 그래서 우리는 서로서로 '없어서는 살 수 없는 관계'에 있습니다. 이것이 우리가 서로서로 사랑해야 하는 이유고 자비의 근거입니다. 배려하고 역지사지하는 윤리적 삶의 뿌리입니다. 만물의 영장이라는 인간의 도리입니다.

과학의 발달에 따라 산업 발전과 물질문명의 속도가 가파릅니다. 풍요와 편리가 가져다주는 물욕의 탐닉에 세상은 그 위태로움을 모르는 듯합니다. 생명을 한갓 휴지 조각처럼 여깁니다. 탐욕은 불타오르듯 거세고 헛된 욕망이 우리를 어떻게 망가뜨리는가에 대한 각성은 더딥니다.

극심한 불평등 사회가 그렇고 자원 고갈이 그렇고 기후 위기가 그렇습니다. 지금 세상은 묵은 세상이 지나가고 새로운 문명 세상이 열리는 문명 전환기입니다. 삶의 방식이 바뀌어야 세상에 빛이 됩니다.

새만금은 우리에게 큰 아픔입니다. 말도 많고 시비도 많았습니다. 갈등과 대립이 치열했고 상처도 깊었습니다. 새만금 생명은 자신의 몸을 던져 처연하게 사라졌지만 반드시 새로운 문명 방식으로 우리를 감싸 줄 것입니다. 세상은 그렇게 이어지고 생명은 그렇게 아름다운 것입니다. 그래서 나는 지금도 큰 생명이 상생하는 하나의 지구촌 세상을 꿈꿉니다.

세월이 많이 흘렀습니다. 문규현 신부님과 수경 스님 그리고 이희운 목사님, 함께 동참해 주셨던 많은 성직자 분들과 새만금 생명에 공감하셨던 수많은 일반 시민 여러분께 진심으로 감사드립니다. 살신성인 정신으로 삼보일배단을 이끌어 주셨던 실무진 모든 분께도 감사드립니다. 새만금을 기록으로 남겨 주신 (사)세상과함께 여러분에게도 감사드립니다. 새만금 생명이 이 세상을 비추는 빛으로 다시 환생하는 새로운 문명 세상을 기다리면서 삼보일배 올립니다. 감사합니다.

오체투지五體投地는?

오체투지五體投地는 인도 불교의 12경례법 중 하나로 하심下心과 성찰을 위한 기도수행법입니다. 신체의 다섯 부분인 양 팔꿈치와 무릎, 이마를 땅에 완전히 대는 자세입니다. 사람이 취할 수 있는 가장 낮아지는 자세입니다. 더불어 살아가는 사회에 대한 겸손을 배우며, 몸과 마음에 가득 찬 탐진치貪嗔癡(욕심과 성냄, 어리석음)를 비우는 수행입니다.

오체투지 순례단 대열도

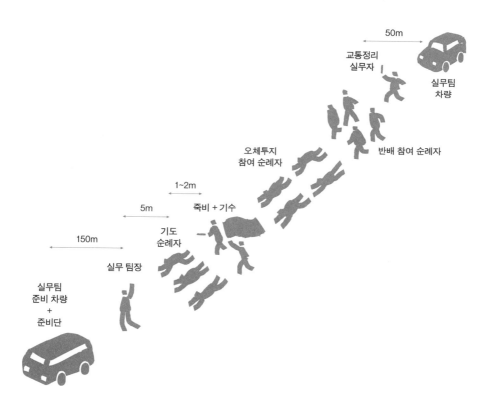

50m

교통정리
실무자

실무팀
차량

오체투지
참여 순례자

반배 참여 순례자

1~2m

5m

죽비 + 기수

기도
순례자

150m

실무 팀장

실무팀
준비 차량
+
준비단

* 순례 참여자들은 몸자보를 걸침
* 대열 중간 도로 쪽에 두 명이 한 조로 오체투지 펼침막을 들고 행진함
* 진행팀과 참여자 중 일부는 오체투지 홍보물을 행진 도중에 만나는 시민들에게 배포하는 역할을 맡음
* 참여자가 적을 때는 2열로 진행하고, 인원에 따라 3열, 4열로 배치해 진행함

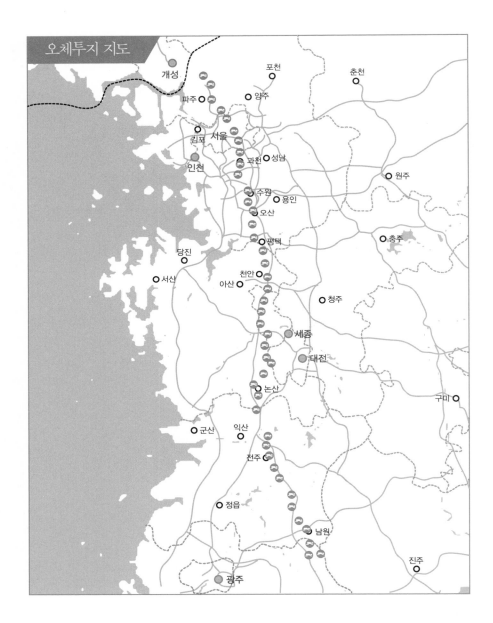

오체투지 지도

개성
포천
춘천
파주
양주
김포
서울
인천
과천
성남
원주
수원
용인
오산
충주
평택
당진
천안
서산
아산
청주
세종
대전
구미
논산
군산
익산
전주
정읍
남원
진주
광주

【 1차 오체투지 】

•	1일째	지리산 노고단→노고단 대피소
•	6일째	지리산 내리막길이 끝나고 전남 구례군 시골길 순례
•	8일째	지리산 아래 구만제저수지
•	9일째	구례군 산동면
•	16일째	19번 국도를 따라 남원 도착
•	21일째	17번 국도를 따라 임실
•	26일째	17번 국도를 따라 완주군 진입
•	29일째	17번 국도를 따라 전주 진입
•	34일째	17번 국도를 따라 전주 도심에서 완주군
•	38일째	722번 지방도를 따라 익산 진입
•	42일째	799번 지방도를 따라 논산 진입
•	43일째	799번 지방도에서 1번 국도를 따라 논산
•	44일째	논산 연무읍내 통과
•	51일째	23번 국도에서 691번 지방도를 따라 논산
•	53일째	공주 계룡면 신원사 도착

【 2차 오체투지 】

•	54일째	공주 계룡면 신원사
•	55일째	계룡저수지
•	56일째	631번 지방도→23번 국도 →계룡면
•	60일째	공주시 신공주대교로 금강을 건넘
•	68일째	23번 국도-천안시 차령터널 통과
•	73일째	천안대로를 통해 천안 통과
•	80일째	1번 국도 천안→평택 충청남도와 경기도의 경계를 건넘(안성천교)
•	88일째	1번 국도 평택→오산
•	90일째	1번 국도 오산→화성
•	91일째	1번 국도 화성→수원시
•	97일째	수원시→의왕시
•	100일째	의왕시→안양시
•	101일째	안양시→과천시
•	103일째	과천시→서울 방배동 남태령고개
•	104일째	사당역→동작대교 북단(강북)
•	105일째	용산구, 용산 참사 현장
•	107일째	명동성당
•	108일째	명동성당, 시청광장, 조계사
•	109일째	조계사→광화문→서대문구
•	110일째	홍제동삼거리를 지날 때 노무현 대통령 서거 소식을 듣고 중단함
•	114일째	서울→경기도 경계선→고양
•	115일째	고양시
•	119일째	파주시-1번 통일로와 임진각으로 향하는 열차가 교차
•	121일째	파주시
•	124일째	임진각

【 3차 오체투지 예상 지도 】

3차 오체투지 순례는 2009년 6월 중순에 묘향산 입구에서 출발해 묘향산 상악단에 도착할 계획이었으나 통일부가 순례단의 방북 신청을 받아들이지 않아 이루어지지 않았습니다.

일러두기

* 소중한 자료 수집과 증언 등으로 도움을 주신 모든 분께 감사드립니다.
* 이 책은 2003년 당시 삼보일배에 참여했던 사람들의 다양한 목소리와 글로 이루어져 있습니다. 원활한 내용 전달을 위해 최소한의 윤문과 교정·교열이 필요했음을 밝혀 둡니다.
* 본문의 글 중 출전을 밝히지 않은 글은 당시 진행팀의 기록 등에서 발췌·정리했습니다. 혹여 미처 알지 못해 빠뜨린 출전이 있다면 보완해 재판에 싣겠습니다. 당사자거나 당사자를 아는 분은 (사)세상과함께 또는 출판사로 연락해 주시면 감사하겠습니다.
* 이 책에 다 담지 못한 2003년 삼보일배 자료는 (사)세상과함께 누리집에 사이버 자료관 등을 구축해 사회적으로 공유할 계획입니다.
* 2003년 참여자 명단은 책 본문 마지막에 실어 기억되도록 했습니다.
* 삼보일배의 정신을 되새기고자 발간한 이 책에서 발생하는 인세 등 모든 유·무형의 자산은 여전히 진행 중인 생명·평화 운동의 사회적 기금으로 쓰입니다.
* 사진은 삼보일배 진행팀(주용기, 마용운, 오두희)과 오동필 님, 오체투지 진행팀(장재원, 박용훈, 명호)에서 제공해 주셨습니다.

세상에서 가장 낮은 자세로
무릎을 굽히고 팔꿈치를 꺾고 머리를 숙입니다.
온 숨을 땅에 바치며 생명과 평화를 기도합니다.

탐욕과 분노와 어리석음에 휩쓸려
생명의 질서를 거스르며
이웃과 자연을 공경하지 않았음을
온몸 땅에 엎드려 기어가며 참회합니다.

땅과 물과 태양, 바람에서 비롯한 모든 생명은 하나이며
하늘과 땅의 은덕으로 살아갑니다.
오늘 바람이 붑니다.
햇살이 반짝입니다.
구름이 일고 비가 내립니다.
그 경이로움 속에 내가, 우리가 살아갑니다.
오체투지로 엎드려 세상에 감사합니다.

이 책은 그 고귀한 사람의 길
생명의 길·평화의 길을 향해 먼저 떠났던
아름다운 사람들의 기록입니다.

그 길에서
사람들이 나눈 것 ....

2008년에 임기를 시작한 당시 정부는 미래 세대의 건강권과 국권 회복을 요구한 촛불 민심을 물대포와 경찰차벽으로 가로막았습니다. 공영 방송을 권력의 도구로 만들고, 국민의 생존권과 밀접한 공기업 민영화를 사회적 합의 없이 추진했습니다. 비정규직으로 내몰려 차별당하는 노동자들이 고공 농성과 단식 농성으로 생존권과 노동권을 보장해 달라고 호소해야만 했습니다. 자연과 생명을 파괴하는 한반도 대운하와 4대강 개발, 줄세우기식 교육, 역사 왜곡, 종교 차별까지 문제가 겹겹 쌓여 갔습니다. 이듬해 서울에서는 용산 참사가, 경기 평택에서는 쌍용자동차 정리 해고가 소중한 목숨을 앗아 갔습니다.

수많은 사람이 촛불을 들고 거리에 섰지만, 삶의 근간을 바꾸지 않으면 달라질 게 없었습니다. 생명보다 돈을 우선한 사회에 우리가 있었습니다. "국민 여러분 성공하세요"라는 슬로건을 들고 나온 "경제 대통령"을 뽑은 건 "부자 되세요"라는 그의 말을 선망한 우리였습니다. 더 늦기 전에 '나'를 돌아보고 깊이 살펴야 했습니다. 성찰하고 참회해야 했습니다.

그 성찰과 참회를 위해 2008년 가을과 2009년 봄, 지리산 노고단에서 출발해 계룡산 신원사를 거쳐 임진각 망배단까지 2년여에 걸쳐 순례를 떠난 사람들이 있습니다. '사람의 길'을 묻고 '생명의 길'을 더듬으며 '평화의 길'을 빌었습니다. 몸과 마음에 붙은 탐·진·치(욕심과 성냄, 어리석음)를 생각하며 세 걸음 걷고 두 무릎과 팔꿈치, 이마를 땅에 대고 온몸 엎드려 눕는 오체투지 고행이었습니다. 이 땅의 평화를 기원하며 북녘의 묘향산까지 가고자 했으나 정부의 방북 불허로 임진각 망배단에서 멈춰야 했던 안타까운 길이었습니다.

2003년, 새만금 갯벌에서 서울까지 삼보일배 길에 섰던 문규현 신부님과 수경 스님이, 천주교정의구현전국사제단 대표였던 전종훈 신부님과 함께 오체투지 기도순례 맨 앞에 섰습니다. 아스팔트 위로 매연과 굉음이 쏟아져도 흔들리지 않고, 내리막 오르막에도 주저하지 않고, 지금 내딛는 한 걸음에 숨을 모았습니다. 비에 몸 적시고 햇볕에 마음 말리고 나뭇잎처럼 바람에 나부끼며 걸었습니다. 9월, 10월, 11월, 다시 3월, 4월, 5월, 6월, 한겨울만 피하고 사계절을 나아갔습니다. 밤마다 망가진 무릎에서 물을 빼내고 다시 못 일어날 듯 끙끙 앓아도 동틀 무렵이면 기도로 하루를 열었습니다. 모두 355킬로미터, 오체투지로 날마다 천 배를 올리며 124일을 세상에서 가장 느린 걸음으로 천천히 나아갔습니다.

세 분 성직자가 있어 가능했지만, 세 성직자만으로는 어림없는 길에 사람들이 따라나섰습니다. 누구는 죽비를 들고, 누구는 깃발을 들고, 누구는 냄비와 솥단지며 찬거리, 잠자리 천막을 차에 싣고서…. 그리고 아침이면 아는 사람, 모르는 사람이 전날 순례를 마치고 오늘 순례를 시작할 곳에 먼저 와서 기다렸습니다. 골골샅샅 아이부터 어른까지, 일주일 노동을 마치고 쉬는 주말마다 꼬박꼬박 오고, 시간을 만들어 며칠씩 다녀가기도 했습니다. 순례자의 행렬을 길에서 마주한 사람들은 물이며 과일 그 무어라도 주려고 했습니다. 화장실을 내주고, 밥을 내주고, 잠자리를 내주며 이 순례에 함께했습니다. 모두 사람의 길, 생명의 길, 평화의 길을 열어 간 순례자입니다. 그 길에서 사람들이 나눈 것, 여기에 옮깁니다.

차
례
·
·
·
·

● 책을 펴내며 006

● 추천의 글_법륜 스님 011

● 격려의 글_김경일 교무 014

● 오체투지는? 018

● 오체투지 순례단 대열도 019

● 오체투지 지도 020

● 진행 일정 개요 021

● 3차 오체투지 예상 지도 022

● 그 길에서 사람들이 나눈 것 024

_풀처럼 눕고 일어서며
오체투지 1차: 지리산 노고단에서 계룡산 신원사 중악단까지 031

_가장 낮은 자리에서 모두 하나 되어
오체투지 2차: 계룡산 신원사 중악단에서 임진각 망배단까지 129

● 오체투지, 그 후 265

● 서록 제작 과정 273

● 삼보일배·오체투지의 현재적 의미_이문재 시인 276

● 인용·출전 297

● 오체투지 순례단 진행팀 303

● 2008~2009 오체투지 참여자 명단 304

· 오체투지 ·

대지의 품에 안기다

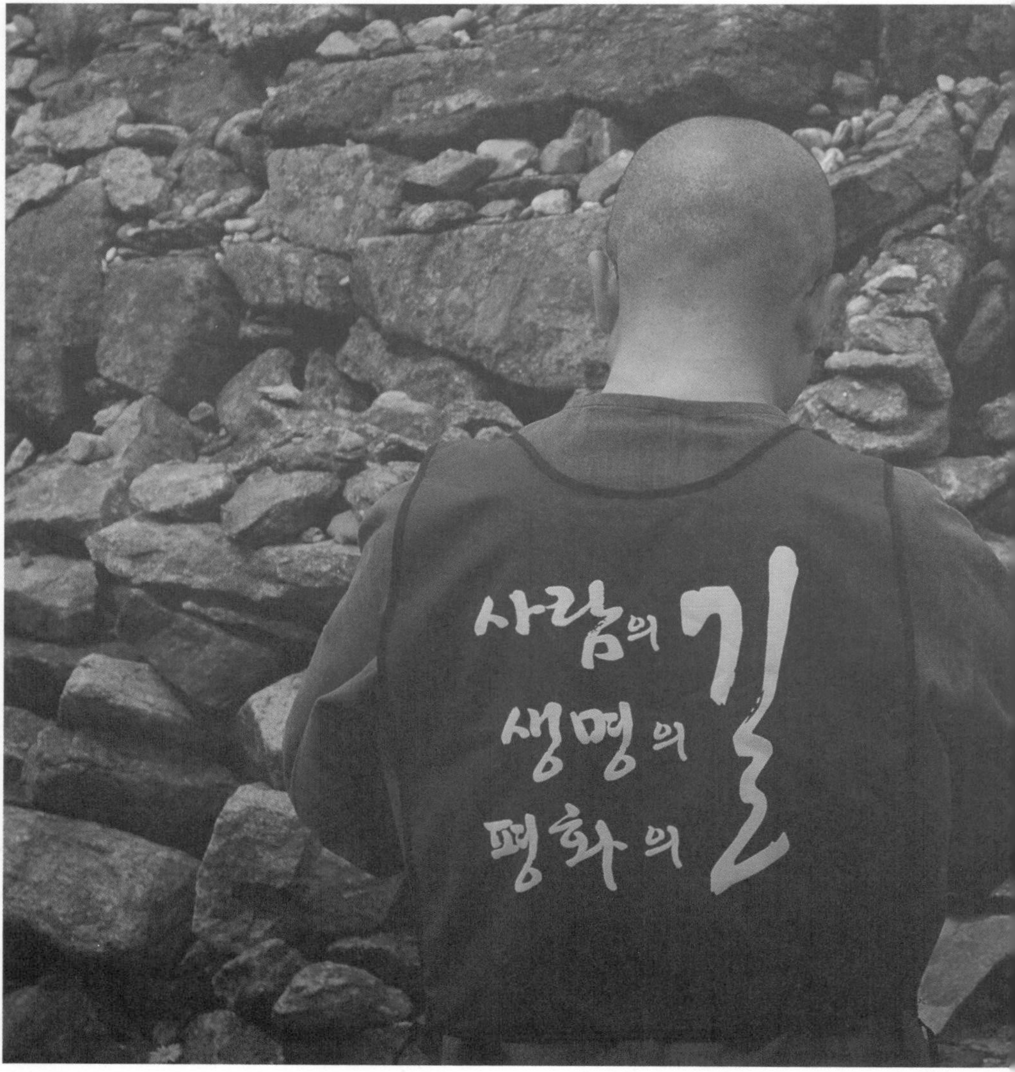
사람의
생명의
평화의
길

풀처럼 눕고 일어서며

오체투지 1차: 2008년 9월 4일~10월 26일
지리산 노고단에서 계룡산 신원사 중악단까지

성직자들이 오체투지 순례를 떠났습니다. 지리산부터 계룡산을 거쳐 묘향산, 그 먼 거리를 풀처럼 눕고 일어서며 가겠다고 합니다. 아예 길 위에 목숨을 내놓았습니다. 새만금 삼보일배에 이어 두 번째입니다. 낮추고 또 낮춰 자신의 어리석음을 깨우치고 세상의 어둠을 밝히려는 것입니다. 억압과 폭력에서 생명, 평화를 지키겠다는 서원이 칼날처럼 매섭고 반석처럼 강합니다.

우리 사회의 위기는 경제난에서 비롯된 것만은 아닙니다. 오히려 사랑과 자비, 신뢰와 존중 등 인간적 가치의 파괴에서 더 큰 위기가 닥칩니다. 정부는 생명보다 돈을 중시하고, 신뢰와 믿음보다 경쟁과 투쟁을 가르쳤으며, 평화와 공생보다 독식과 절멸을 요구했습니다. 코흘리개 아이들마저 무한 경쟁의 정글로 밀어 넣었습니다. 물신의 폭력이 날로 위세를 떨치는 가운데 사람과 생명, 평화를 찾아 떠나는 것이기에 신이 보시기에도 아름다울 것입니다.

—《한겨레》 사설 〈스님, 신부님, 목사님의 아름다운 동행 〉 중

다시 순례길을 떠납니다. 온몸을 땅에 내리고 보듬으며 갑니다. 가늠도 안 되게 고되고 하염없이 느린 길을 기꺼이 갑니다. 우리의 고행이 도리어 생명의 길, 희망의 길이 되길 바랍니다. 이 순례가 위로의 길, 용기의 길이 되길 바랍니다. 이 여정이 민족의 길, 화해의 길이 되길 바랍니다.

우리 각자의 마음과 삶, 공동체와 사회에 존엄과 존중심이 회복되길 기도합니다. 사랑과 자비, 공존과 평화, 정의를 행하고 이루려는 선한 마음들이 더욱 힘내길 기도합니다. 낙심과 냉소, 쉽게 얻고 누리려는 마음은 내려놓고, 애쓰고 헌신하며 서로 돌보고 격려하는 가운데 기쁨과 충만함을 누리길 기도합니다. 양심과 인간애, 진실과 진리에 목말라하는 자세를 굳건히 지켜 가길 간절히 기도합니다.

참된 변화와 희망의 바람은 우리 자신에게서 불어옵니다. 우리 스스로 내면과 생활을 바꿔 갈 때 건강하고 행복한 세상을 맛봅니다. 서로 사랑과 존경, 감사와 돌봄을 실천하는 것이 기도입니다. 서로 빛이 되고 거친 바람 막는 병풍이 돼 주는 것이 수행입니다. 믿음과 희망을 놓지 마십시오. 인내와 끈기로 영혼을 단련하십시오. 각자 자리와 모양새는 다르나 영혼을 나누고 마음으로 연대하며, 더불어 즐겁게 진리를 구하는 순례길을 함께 갑시다. 진리는 우리를 자유롭게 합니다.

— 문규현 신부 〈진리가 너희를 자유롭게 하리라〉 중

사람들이 세상사에 시름겨워합니다. 내 오체투지가 이들을 위해 무얼 할 수 있을까요. 나는 내 기도가 세상을 바꾸리라고 생각하지 않습니다. 다만 나를 바로 세우기를 간절히 발원할 따름입니다. 세상을 제대로 보고 사물을 제대로 판단하는 사람으로 바로 서는 계기가 되어서 내가 변한 만큼이라도 세상이 변하고 나와 인연이 닿는 생명과 선한 기운을 나누게 하는 '평화의 싹'이 되었으면 좋겠습니다. 세상에서 힘겹고 외로운 누군가가, 땅바닥에 엎드려 자신과 같이 어깨를 들썩이는 걸 알고 작은 위안이라도 얻었으면 좋겠습니다.

— 수경 스님 〈사람의 길, 생명의 길, 평화의 길을 찾아서…〉 중

세상에서 가장 낮은 자세로 이 땅의 품에 안기고자 합니다. 생명의 근원으로 돌아가고자 합니다. 온몸을 땅에 붙이고 온 숨을 땅에 바치며 땅이 베풀어 주는 기운으로만 기어서 가고자 합니다. 그리하여 내 '오체투지'가 온전히 생명과 평화의 노래가 되었으면 좋겠습니다.

직립은 인간을 다른 동물과 구별 지었고, 인간 스스로 만물의 영장이라고 부르게 했습니다. 하지만 인간은 만물의 폭군이기도 합니다. 인간에게 가장 위협적인 존재도 인간으로, 생명의 질서를 거스르는 유일한 생명체입니다. 그리하여 나는 인간의 걸음에 반하는 오체투지에서 '사람의 길'을 찾으려 합니다.

— 수경 스님 〈사람의 길, 생명의 길, 평화의 길을 찾아서…〉 중

오로지 돈과 1등 놀이에 몰두하는 사회에는 희망이 없음을, 성공 지상주의와 이기심이 뒤덮은 사회는 죽은 공동체임을 오체투지, 이 터무니없어 보이는 몸짓으로 분명히 말하고자 합니다. 소수 기득권층만을 위한 정치, 신독재와 신공안정국, 신냉전주의, 신종교전쟁으로 이룰 것은 아무것도 없습니다. 이명박 정권은 경기 부양을 앞세워 대운하를 재론하고 부동산 투기판을 재연합니다. 핵 발전소 증설을 '저탄소 녹색 성장'이라 위장합니다. 21세기를 살며 22세기를 준비하는 국민을 우습게 여기며, 고작 20세기에 잡아 두려는 천박한 발상입니다. 나라의 조화와 균형, 지속 가능한 발전을 파괴하는 행태입니다.

남과 북 사이에 다시 단절과 분단 심리가 견고해지는 현실이 가슴 아프고 우려스럽습니다. 현 정권은 민족 통일이나 평화 문제엔 관심이 없는 듯합니다. '국지전 가능성' 같은 용어마저 쉽게 입에 올리며 적대감과 긴장을 격화시킵니다. 애절한 아우성은 남에도 있고 북에도 있습니다. 남과 북은 공존과 화해의 길을 찾아야 합니다. 서로 협력하고 함께 살길을 찾아야 합니다. 산맥과 강, 길에는 단절이 없고 벽이 없습니다. 시간과 역사를 초월해, 온 민족에게 영감을 불어넣어 온 산하를 따라가며 남북 사이에 소통과 화해의 길이 열리길 기원합니다.

— 문규현 신부 〈진리가 너희를 자유롭게 하리라〉 중

9월 3일 순례 시작 전날 수경 스님은 무릎의 통증을 완화하는 주사를 맞고 왔습니다. 2003년 새만금 살리기 삼보일배로 망가진 무릎이었습니다. 몇 달 전인 2008년 2월 12일부터 5월 24일까지는 '생명의 강을 모시는 사람들'과 함께 103일 동안 한반도 대운하 건설에 반대하며 한강, 낙동강, 영산강, 금강 등 4대강 유역 3,000리를 순례하고 돌아온 터라 더더욱 조심해야 할 상황이었습니다. 문규현 신부 역시 삼보일배 이후로 단 한 번도 쉬지 못하고 파수꾼처럼 민주주의 현장들을 지키며 온몸이 쇠잔하고 아파서 치유가 필요한 상태였습니다. 전종훈 신부도 마찬가지였습니다. 부러졌던 팔이 잘못 붙어서 휘어진 팔로 땅바닥을 짚는 것이 힘든 상태였습니다. 그런데 삼보일배보다 더 힘들다는 오체투지를 하겠다고 온몸이 종합병원 수준인 세 사람이 나서니 둘레 사람들 대부분이 말렸습니다. 그렇지만 꿈쩍도 하지 않습니다. 만류하던 사람들도 포기하고 소염 진통제를 잔뜩 준비하자고 했습니다.

순례 첫날, 지리산 노고단에서 천고제를 올립니다.

　　나라에 재난과 위기가 닥치면, 우리 선조는 지리산과 계룡산, 묘향산에 만든 하악단과 중악단, 상악단에 올라 천고제를 지내며 공동체의 평안을 기원했습니다. 평범한 이들의 힘과 마음을 하나로 모아 통합하고 나아갈 바를 서로 묻고 함께 새 길을 찾아가는 일이었습니다. 그 마음을 이어 삼천리 금수강산에 새로운 사람의 길, 생명의 길, 평화의 길을 내자는 간절한 첫걸음입니다.

이현주 목사는 〈연대사〉에서 기원했습니다.

"오체투지는 땅에 온몸을 내맡기는 기원입니다. 힘센 사람이 힘없
는 사람을 누르고 짓밟는 나라가 아니라, 경쟁에서 투쟁해 승리하
는 사람만이 살아남는 나라가 아니라, 힘센 사람은 약자를 보호하
고 지켜 주는 나라, 이기주의에 자신만의 안위를 위하는 지도자의
나라가 아니라 지혜롭고 착한 사람이 다스리는 나라가 일어서게
하기 위함입니다. 부디 끝까지 잘 가시길 기원합니다. 천지신명께
서 일어서게 하시길 기원합니다."

사람이 사람다운 사람의 길을 묻고
생명의 길, 평화의 길을 묻고 또 물을 뿐인데
촛불을 든 어린 소녀들에게
유모차를 모는 아직 젊은 어머니들에게
마구 물대포를 쏘고
마녀사냥 하듯이 주홍글씨를 새겼다
먼 나라 어제의 일이 아닌
2008년 바로 지금 여기 오늘의 일
아무래도 이건 아니라며 절대 아니라며
다시 길을 묻는 이 땅의 지고지순한 백성들 앞에
또 하나의 38선, 소통 불능의 '명박산성'을 쌓았다

그리하여 역주행의 한반도는
대륙이 아니라 반도가 아니라
갈가리 찢겨진 섬이 되었다
이미 38선으로 몸통이 잘린 남쪽의 섬, 북쪽의 섬,
청와대의 섬, 국회의 섬, 강부자 고소영의 섬,
미군 부대의 섬, 자본의 섬, 영남의 섬, 호남의 섬,
정규직의 섬, 비정규직의 섬, 실업자의 섬, 농민의 섬,
도처에 38선이 들어선 국적 불명 고립의 섬,
저마다 하나씩의 불안한 독도가 되어 떠돌고 있다

채 6개월도 지나지 않아
조각조각 퍼즐 맞추기도 어려운,
공중분해 혹은 침몰 직전의 섬들이 되고 말았다

그리하여
목숨을 걸고 다시 길을 묻는 이들이 있으니
대체 이를 어찌하랴
지리산 하악단에서 계룡산 중악단을 바라보며
마고할미에게 한반도의 운명을 물어보고
다시 묘향산 상악단을 향하여
좌심방 우심실 뜨거운 심장의 안부를 물으며
역주행의 불도저 앞에 온몸을 던져
마침내 브레이크를 거는 이들이 있으니

대체 이를 어찌하랴, 어찌 만류할 수 있으랴
이미 공동묘지가 된 새만금
해창갯벌의 한 마리 갯지렁이의 낮은 자세로
지리산 자벌레의 처절한 참회의 자세로
사람의 길을 묻고 또 물으며
생명의 길, 평화의 길을 열고 또 열며
마침내 오체투지의 머나먼 길을 나서고 있으니
마고할미시여, 마고할미시여!
어찌 이 광풍의 땅에 눈물이 없다 하랴
어찌 이 오욕의 땅에 의로운 사람이 없다 하랴

— 이원규 시인 〈역주행 한반도여 대체 어디로 가는가〉 중

천심이 민심이고 민심이 천심인 줄 알게 하소서.

하늘을 두려워하고 경외하며, 민의 앞에 겸손하고 공경하게 하소서.

인간과 자연이, 이웃과 내가 한 뿌리요 한 몸임을 늘 기억하게 하소서.

너 없이 나 없고, 타 존재가 내 존재의 지주임을 잊지 않게 하소서.

사랑과 자비를, 생명의 귀함과 존재의 소중함을 선택하게 하소서.

아이들과 젊은이들의 웃음을 지켜 주시고 꿈과 미래, 희망을 놓지 않게 하소서.

실의와 절망, 비탄에 잠긴 이웃과 함께하게 하소서.

냉담과 무관심은 녹여 주시고, 이웃의 아픔에 귀 기울이고 위로하게 하소서.

의혹과 두려움을 이기게 하소서. 용기로 넘어서게 하소서.

— 문규현 신부 〈생명과 평화를 향한 기도문〉 중

—

지리산 노고단을 오체투지로 내려가는 산길은 가파른 자갈밭입니다. 1
킬로미터를 가는 데에 두 시간이 걸립니다. 몸은 앞으로 쏠리고, 몇 걸음
안 가 숨이 찹니다. 갑자기 온몸의 피가 계속 머리로 쏠리니 어지럽고 속
이 뒤집힙니다. 하지만 자갈을 탓하거나 피하지 않고 그대로 온몸 낮추어
절합니다. 온몸이 붉고 푸르게 멍들어 가지만 아랑곳하지 않습니다. 더
아픈 일이 세상에 많기 때문입니다.

—

순례 첫날, 밤새 여기저기서 끙끙 앓는 소리가 들립니다. 때론 아픔이 고
마울 때도 있습니다. 나으려면 아파야 하니까요. 세상 여기저기가 모두
아픈데 눈 감지 않고 귀 닫지 않고 이 신음을 잘 들어야 할 텐데요.

—

순례자의 무릎과 가슴 부분에 댈 보호대가 필요해 진행팀은 아침부터 급하게 바느질합니다. 6시에 아침을 먹고 간단한 운동을 하고 출발 준비를 해 8시부터 성삼재로 나아가는 등산로를 따라 순례를 진행합니다. 신기한 행렬이라며 산속 새들이 호로롱 호로롱 숲속 소식을 전합니다. 세상이 이렇게 아름답고 평화로웠으면 좋겠습니다.

—

새벽에 한차례 내리고 멈춘 비가, 아침 순례를 시작하자마자 다시 내립니다. 아랑곳하지 않고 그대로 빗길에 몸을 누입니다. 길은 미끄럽고, 젖은 옷에 살이 물러집니다. 성삼재 휴게소에서 구례 방향 861번 지방도로를 따라 시암재 휴게소에 이르기까지 계속 비가 내립니다. 긴 옷과 비옷도 소용없습니다. 무릎 보호대와 가슴 보호대를 다시 바꿉니다. 천은사까지 가는 길은 계속 험한 내리막길입니다. 뒤를 따르며 지켜보는 이들이 더 고통스러워 합니다. 정작 순례자들은 쉬는 시간마다 평온한 얼굴로 명상합니다. 괜찮냐, 걱정하는 사람들에게 말합니다.

"우리를 보지 말고, 우리 사회가 어떻게 이렇게 대립과 갈등에 빠졌는지, 해결 방안은 무엇인지 스스로 답을 찾아보십시오."

지난 2003년 삼보일배도 함께했던 문규현 신부가 "독한 중 만나 고생"이라고 하자 수경 스님도 "독한 신부 만나서 대충 하지도 못하고 꾀부릴 생각을 못 하니" 힘들어 죽겠다고 합니다. 좋은 친구를 만나야 하는데 후회스럽다고 서로 타박입니다. 바닥만 박박 기는 그들을 우리는 거리의 성자라 합니다.

—

오체투지요?

오로지 '한 번의 절'에만 집중해야 합니다. 얼마를 갔는지, 얼마를 더 가야 하는지는 중요하지 않습니다. 그거 생각하면 기막히고 아득합니다. 겁나서 못 갑니다. 그런데 딱 한 번의 절, 지금 할 수 있는 그것에 집중하고 목숨 걸자 하고 엎드리면 힘들고 더뎌도 어쨌거나 가게 됩니다.

오체투지요?

아주 아기 적에 엄마 품에서 떨어질 새라 팔로 꽉 매달려 안겼던 그런 순간의 느낌입니다. 어머니 대지를, 민족의 산을 이렇게 온몸으로 끌어안고 기도하고 애원도 하고 감사함도 표현하는 일생일대의 시간이 왔다는 게 놀랍고 고맙습니다. 내가 흙이요 땅이고, 벌레요 풀이고, 또 그것들이 내가 돼 버리는 순간, 지구 중심 저 어딘가로 쑥 흡수되는 것 같기도 한 순간, 자연 그 모든 것 앞에 '다 내맡기오' 하고 항복하는 순간에 때로 희열을 느끼게도 됩니다. 우리가 엎드린 자갈밭 시멘트 길이 흙길처럼 부드러워지길 소망하며 어루만지고 보듬고 가는 이 시간이 큰 은총입니다.

— 문규현 신부 〈상호 고백과 돌봄 속에서 이루는 공동체〉 중

새벽 6시에 아침을 먹습니다. 오전 8시, 아침 안개가 사라지기 전에 순례를 시작합니다. 참가한 이들이 돌아가며 자기를 소개하고 어떤 마음으로 오게 됐는지 이야기합니다. 세 분 성직자 중 한 분이 나서서 말씀이나 기도를 합니다. 하루 일정과 주의 사항을 전달하고 간단하게 몸을 풉니다. 둥그렇게 서서 서로 삼배하고 출발합니다. 100~150미터 진행하고 10분 쉬기를 반복해 세 시간가량 삼보일배 오체투지하고 11시 30분경 오전 순례를 마칩니다. 마땅한 공터를 찾아 자리를 잡고 점심을 먹습니다. 쉽니다. 오후 2시경에 순례를 다시 시작해 5시 30분경 순례를 마무리합니다. 하루 약 4킬로미터 정도 진행하는데, 이동 거리는 그날그날 상황에 따라 바뀌기도 합니다. 하루가 어땠는지 참가자 모두 돌아가면서 이야기합니다. 서로 삼배하고, 그 자리에 천막을 치고 모여 담소를 나눕니다. 천막을 치지 않고 주변 숙소로 이동하게 되면 거기로 와서 대화하는 분도 있고 그냥 가시는 분도 있습니다. 오후 6시경에 준비한 저녁을 먹습니다. 진행팀은 하루 소식을 정리해 알리고 내일 필요한 일을 점검하고 준비합니다. 새벽까지 천막이나 숙소에 오래 불이 켜져 있습니다. 누군가 졸고 있습니다.

— 명호, 진행팀

—

순례 일주일이 지나면서 순례자도, 진행팀도, 참여자도 모두 조금씩 안정돼 갑니다. 이제부터는 주요 순례길이 도로라 더 주의를 기울여야 합니다.

—

경제는 10년 전으로, 정치는 20년 전으로, 이념은 30년 전으로 후퇴해 버렸습니다. 방송은 서서히 '땡전'의 향수로 밀려 가고, 박물관의 국가보안법이 걸어 나와 서슬이 퍼렇습니다. 권력 기관은 온몸을 던져 정권에 충성할 뿐입니다. 수십만의 촛불 시민을 보고 반성했다는 북악산 전설이 채 다 전해지기도 전에 촛불은 사냥감이 돼 던져진 지 오래입니다. 질긴 촛불은 그래도 숨을 쉬고 저항합니다.

이렇게 이 시대 생명도, 평화도, 사람도 아무런 가치를 지니지 못하는 그 옛날로 돌아가는 것을 참지 못한 오체투지 길은 우리 모두를 위한 길입니다.

— 최병성 목사 〈목숨 건 오체투지 "힘들다, 하지만 길을 찾아 떠난다"〉 중

쉬는 시간, 구례 외산리 내온마을. '점빵'이라 부르는 게 친근한 작은 가게. 주인분이 순례단에게 기꺼이 화장실과 수돗가를 내줍니다. 소식을 들었다며 몸 건강하게 잘 진행하라 격려도 해 줍니다. 길에서 만나는 생면부지 사람들이 물과 음료수를 건네주고 갑니다. 평범한 사람들은 잘 나누며 삽니다. 그 소박한 마음들이 이 세상을 지탱해 주는 가장 큰 힘입니다.

나는 밥차 담당 조항우입니다. 사람들은 나를 조짬장이라고 부릅니다. 순례단 따라다니며 밥하는 일이 즐겁습니다. 김희흔 선생과 새벽마다 맨 먼저 일어나 밥 준비를 하지요. 종일 점심 먹을 자리, 잠잘 자리를 찾아 다닙니다.

원래 하는 일은 딴판입니다. 서울에서 나름 실력 있는 디자이너로 일 하다 귀농해서는 조각가가 됐습니다. 지금은 지리산 실상사 옆 전통찻집 소풍과 항우공방을 운영하는데 그냥 따라나섰습니다. 오체투지 하기 전 '생명의 강을 모시는 사람들'이라는 이름으로 4대강 반대 강 순례할 때도 마찬가지였습니다.

수경 스님이 연관 스님과 강 순례 계획을 이야기하다가 "넌 뭐 할래?" 하는데 아무 생각 없이 "밥하겠습니다" 하고는 강 순례 내내 밥하며 따라 다녔습니다.

오체투지 때도 수경 스님이 툭 말했습니다. "가자", "어디요?", "오체 투지 하기로 했다.", "네." 스님 앞에서는 "안 돼요"가 잘 안 돼요.

19번 국도에는 화물을 가득 실은 차량이 굉음을 내며 매우 빠른 속도로 달립니다. 그 속도와 소리가 무섭습니다. 또 지나간 자리에는 먼지바람과 다시 기억하기 싫은 냄새가 가득합니다. 그런데 그게 다가 아닙니다. 차량에 부서지고 튀긴 작은 돌이 무수합니다. 엎드려 누우니 보입니다. 그 작은 돌에 순례자의 몸이 멍듭니다. 아픕니다. 진행팀 길잡이가 그길 내내 뒷걸음으로 앞서 나가며 쉴 틈 없이 잔돌을 치웁니다. 그의 배려가 새 길을 엽니다. '차로 5분이면 가는 길'을 종일 걸려 가며 우리는 새로운 것을 많이 배웁니다.

순례에 나선 지 십수 일 동안 온갖 희로애락 생로병사를 다 맛본 듯합니다. 비바람 속 오한에 떨기도 하고, 폭염에 달구어진 아스팔트 위에 누우며 불덩이를 맛보기도 했습니다. 내 몸이 내 몸 같지 않았습니다. 내가 가는 건지 아니면 녹슨 쇠 조립품이 삐거덕거리며 가는 건지 모를 지경이었습니다. 사정없이 두들겨 맞은 듯 아프고, 사지가 너덜거리며 죄다 따로 노는 걸 느끼는 것도 삼보일배 때와는 비교도 안 될 지경입니다. 누우면 그대로 엎어지고 싶고, 잠시 앉아 쉬고 나면 일어서기조차 싫은 감정이 수없이 밀려왔습니다. "오늘은 이만 마치겠습니다" 하는 말은 그대로 복음입니다.

그런 나를 그대로 느끼고 받아들이는 것이 수행이고, 내 몸 힘든 것 신경 쓰다가 나보다 몇 곱절은 더 힘들 옆자리 순례자의 고통을 행여 놓칠까 각성해 가며 길을 가는 것도 수행입니다.

— 문규현 신부 〈기쁨과 희망 다지는 명절 되시기 바랍니다〉 중

이보다 더 누추하고 천해질 게 없습니다. 부끄럽고 초라해질 게 없습니다. 내가 도로 위를 눈에 안 보이게 스쳐 가는 한 점 먼지 같기도 합니다. 어기적어기적 미련 맞게 기어가다 사람 발치나 자동차에 치여 생을 마감하는 무기력한 미물 같기도 합니다. 더러운 길을 닦고 치우며 낡아 가는 걸레 같기도 합니다. 종일 애쓰며 박박 기어가도 거기서 거기니 딱할 지경입니다. 참 바보스럽고 어리석은 행보입니다. 그래서 감정도, 속내도, 외양도 포장이 불가합니다. 다른 생각과 잡념이 들어설 시간도 기력도 없습니다. 매 순간 집중하고, 매 순간 자신을 바치고, 매 순간 최선을 다해야 합니다. 조급해 봤자 다치기만 합니다. 세상 모든 일도 그렇습니다. 이렇게 마음이 공하니 삶의 군더더기들, 마음의 찌꺼기들이 절로 비워지고 몸과 마음이 가벼워지는 걸 느낍니다. 그냥 온전히 있는 그대로 알몸뚱이로 남습니다. 온전히 작은 존재, 미약한 존재로 귀의합니다. 자연스레 더 단순하고 평화로워지는가 봅니다.

— 문규현 신부 〈기쁨과 희망 다지는 명절 되시기 바랍니다〉 중

—

오체투지가 알려지며 전국에서 날마다 나이와 종교와 직업을 떠나 어린 꼬마에 이르기까지 많은 분이 찾아와 함께합니다. 어떤 이는 삼보일배로, 또 어떤 이는 반배로 함께합니다. 진행팀을 도와 밥을 짓고, 천막을 치는 이들도 있습니다. 저마다의 방법으로 조용히 함께합니다. 차창을 열어 "수고하세요"라며 손을 흔들어 주고 가는 사람도 잠깐의 참여자입니다.

—

순례 중간, 잠시 쉬고 다시 출발하려는데 미안해하는 얼굴로 한 사람이 다가옵니다. 아침에 대구에서 출발했는데 이제 도착했답니다. 계명대학교 학생이었습니다.

  "순례에 참가하고, 사진을 찍어도 되나요? 며칠 전 케이비에스 KBS 시사투나잇에서 오체투지 소식을 보고 '보통 일이 아니구나' 생각했어요. 계속 미루다가 오늘에야 왔습니다. 정도를 가시는 성직자 분들의 순례 모습에 마음이 울컥했습니다. 저처럼 단 한 사람이라도 오체투지에 참여하며 생각이 바뀐다면 의미가 있을 거라는 마음에 찾아왔습니다."

  — 이정훈, 대구

강원도 원주 부론성당에서 안승길 신부가 오셨습니다. 박종철열사기념사업회 이사장인 신부님은 "길에서 지내던 나날들, 그때가 나는 사제로서 가장 떳떳하고 행복했어!"라고 합니다. 이후 스무 번도 넘게 먼 길을 달려와 오체투지에 함께했습니다.

"남북통일, 사회 양극화, 물질의 노예화 등 심각한 문제에 닥친 우리를 깨우치려면 오체투지 이 길뿐이 없는 것 같으니 안타깝습니다. 가장 큰 문제는 생명의 문제입니다. 물질과 돈을 위해 우리는 생명을 쉽게 파괴합니다. 지구 온난화와 자연재해가 그 결과물입니다. 우리 모두 각성해야 합니다."

"마음을 함께 나누고 싶었는데 달리 표현할 방법이 없어서 왔습니다. 함께 오체투지를 하면서 자연과 접하니 호주에서 속상했던 일이 자연스럽게 상쾌해집니다. 수행자로서의 법열이라고 생각합니다. 그렇다고 해서 사람, 생명, 평화의 길을 갑자기 만들어 해결할 수는 없겠지요. 많은 생각과 성찰이 필요할 것입니다."

멀리 호주, 정법사에서 온 스님은 오체투지 소감을 사구로 전했습니다.

삼라만상각별색森羅萬象各別色 삼라만상 두두물물 제각기 다르지만
환향원래동근신還鄕元來同根身 고향으로 돌아가면 원래 같은 몸이라네
백천강하만계류百千江河萬溪流 수많은 강물 만 갈래 시내 흘러
동귀대해일미수同歸大海一味水 바다에 돌아가니 한 물맛이로다

"저 꿈을 이루었어요. 하늘에서 별을 땄어요. 잘 되었어요."

순례에서 교통 통제를 맡은 마웅저Maung Zaw가 말합니다. '별을 땄다'는 건 미얀마 말로 '내가 무엇인가 잘하는 사람이 되었다', '아주 큰 행운이 다가왔다'는 뜻입니다. 마웅저를 포함해 한국에 이주해 온 미얀마 민주화 운동가 아홉 명이 오늘 대법원에서 난민 인정 불허 결정처분 취소소송 상고심에서 원고 승소 확정 판결을 받았습니다.

"9년 동안 난민 신청을 했지만 좋은 결과가 없었습니다. 최근 오체투지 순례단 진행팀에 참가했는데 좋은 결과가 나왔습니다. 그동안 저는 한국을 혼자 짝사랑만 했는데 오체투지 순례단을 비롯해 많은 사람이 저를 좋아해 줘서 너무 기쁩니다. 오늘 신부님과 스님께서 축하해 주고 따뜻하게 해 주었습니다. 종교가 다른 두 분, 미얀마에서는 상상도 할 수 없는 일입니다. 앞으로 한국과 미얀마 시민 사회단체의 교류와 운동을 더 적극적으로 하고 싶고 공부도 더 하고 싶습니다."

마웅저는 1988년 8월 8일 미얀마의 반군부 민중 항쟁이었던 미얀마 8888항쟁 당시 고등학생으로 시위에 참가한 후 미얀마 민주화 운동에 투신했습니다. 1994년 군부 권력의 탄압을 피해 미얀마를 탈출해 한국에 온 후, 2008년 현재까지 난민 지위를 인정받으려 소송을 진행해 왔습니다. 미얀마민족민주동맹NLD 한국 지부 결성에 참여했고, 한국의 시민 단체 함께하는시민행동에서 활동했습니다. 모두 함께 미얀마의 평화와 민주주의를 기원하는 날입니다.

온몸이 금방 땀으로 뒤범벅됩니다. 갑자기 순례자들이 멈춥니다. 뜨겁게 달궈진 아스팔트 차도로 지렁이 한 마리가 기어 옵니다. 찻길 옆 옹벽 위 풀밭에서 떨어졌을까요. 길 잃은 지렁이를 고이 풀밭에 놓아 줍니다. 그런데 얼마 못 가 도로에 지렁이 사체가 천지간입니다. 순례자들이 "새만금의 수많은 생명이 눈에 보이는 것 같다"며 탄식합니다. 며칠 전인 9월 4일, 정부는 새만금 간척 사업의 목적이 바뀌었다며 새만금 간척 용지의 토지 이용 구상안을 발표했습니다. 2003년, 농지를 만들겠다는 핑계로 세계 4대 습지인 생명의 갯벌을 간척하겠다는 것에 맞서 삼보일배에 나섰던 순례자들의 마음이 내내 편치 않습니다. 전라남도 구례에서 전라북도 남원으로 넘어가는 길. 9월인데도 여전히 불볕더위가 이어져 햇살이 따갑습니다.

아침 6시에 밥을 먹어야 해요. 새벽 4시 반에 일어나서 모든 걸 준비하면 그 정도 시간이 돼요. 순례단이 출발한 뒤 우리가 하룻밤 묵은 뒷정리를 모두 하고 물품들 다 차에 싣고 떠나면 아침 9시 반에서 10시쯤 돼요. 그러면 이제 장에 가요. 장을 보고 와서 점심 먹을 자리를 잡으면 한 11시 정도 돼요. 그럼 밥을 또 해야 해요. 12시 정도에는 순례단이 밥을 먹어야 하니까요. 그 중간에 항상 오늘은 순례단이 몇 명인지, 몇 인분이 필요한지 확인해야 해요. 기본 반찬으로 장아찌 종류라든지 멸치볶음, 북어채, 이런 오래 먹는 거는 통으로 가져다주는 분들이 계세요. 항상 고맙죠. 우리가 하는 주 메뉴는 찌개 뭐 이런 것이 있죠. 아침에 제일 많이 끓인 게 북엇국이에요. 순례단의 그릇은 사발 두 개와 수저로 한정하고, 본인이 먹은 것은 스스로 씻고 정리해서 챙겨요. 우리는 배식 다 하고 난 다음에 밥 먹어요. 자리 정리하고 다시 저녁 준비하러 출발해요. 사람이나 동물이나 식물이나 먹어야 살아요.

— 조항우, 진행팀

오늘 학교 개교기념일 휴일이라 직접 찾아뵙고 싶어서 왔습니다. 매스컴에서는 비장한 모습으로 보였는데 직접 뵈니 경건하지만 밝고 건강한 모습에 마음도 편하고 오기를 잘했습니다. 아까는 눈물을 흘렸는데 오체투지를 직접 해 보니 그럴 틈이 없네요. 제가 학교에 몸담아 교육 문제를 말씀드리자면, 부모의 경제 능력이 아이들에게 세습되고 경제 불평등이 교육 불평등으로 고착되는 게 정부 정책의 큰 문제입니다.

― 강화정, 부산

오체투지 순례가 기사나 방송으로 소개될 때마다 진행팀 연락처로 문의가 이어집니다. 며칠 뒤 순례단의 위치부터, 어디에 신청해야 하며, 무엇을 준비해야 하는지 묻는데, 그중 가장 많이 묻는 게 '순례에 참여하는 자격과 조건'입니다. 하지만 오체투지 순례에는 자격과 조건이라는 문턱이 없습니다. 그저 함께 마음을 나누는 작은 행위이지, 대단한 조건을 가진 분들이 참여하는 게 아닙니다. 사람의 길, 생명의 길, 평화의 길을 생각하는 마음을 나누고 공유할 준비가 됐다면 누구에게나 열린 '모심과 나눔'의 자리입니다. 나를 바르게 바라보고 바로 세우며 우리 사회가 나아갈 길을 찾고자 하는 당신에게 항상 열려 있습니다.

다만, 순례에 오는 분은 스스로 규율을 가지고 자발적으로 참여합니다. 참가 신청은 사흘 전에 하고, 잠자리와 식사는 본인이 책임지며, 각자 쓸 물컵과 수건을 준비하고, 진행팀에서 분담하는 차량 통제와 안전 조치 등의 실무와 캠페인에 적극적으로 협조합니다.

순례 도중에는 말을 삼가고, 세 걸음 걷고 반배하며 자기를 성찰하는 기회로 삼습니다. 차가 다니는 도로라 차량과 안전한 거리를 확보하고, 개인 간격은 2미터 이상 벌리지 않도록 합니다.

집으로 돌아가서는 이 경험을 온라인에 기록하며 순례에서 함께 나누었던 생명 평화의 마음을 세상과 나눕니다. 진행팀에서는 참여한 이들에게 전자 우편으로 순례 소식을 계속 보내 줘 인연을 이어 갑니다.

9월 29일, 전북 완주를 지나갑니다. 천주교정의구현전국사제단 대표인 전종훈 신부가 도착했습니다. 9월 22일부터 26일까지 천주교정의구현전국사제단 신부 96명과 함께 북한을 방문해 통일 미사를 올리고, 귀국하자마자 한달음에 달려온 길입니다. 2007년 10월 삼성 비자금 폭로를 주도하고, 지난 6월엔 서울시청 앞 서울광장에서 촛불 항쟁을 지키는 천주교 시국 미사를 주관했습니다. 그런 까닭이었을까요. 8월 21일 갑작스런 천주교계의 무기한 안식년 발령으로 서울수락산성당 주임 신부에서 물러나야 했습니다.

—

10월 첫날 점심시간, 수경 스님의 익숙한 손놀림에 전종훈 신부의 머리카락이 한 움큼씩 떨어져 내립니다. 문규현 신부가 함께 돕습니다. "초심으로 돌아가 이 땅의 평화를 마음에 안고자" 전종훈 신부가 삭발을 결심했습니다.

> "오체투지는 한 번 더 자신을 돌아보며 다른 속도와 가치의 삶을 살아가겠다고 스스로 하는 서약이자 실천입니다. 세상을 변화시키는 어떤 힘도 가지지 않았지만, 스스로 몸을 태워 세상을 밝혔던 촛불처럼 생명과 평화가 소통되는 세상을 위해 노력해야 합니다."

— 순례단 일일 소식과 《한겨레21》 류우종 기자 〈앞으로 가려면 몸을 낮춰야지〉 중

날마다 숙소가 바뀌니 힘듭니다. 주로 어느 기관이나 단체의 생활관이나 학습관 같은 곳이었어요. 진행팀은 어디서든 잘 수 있도록 침낭을 가지고 다녔어요. 세 분 성직자들은 작은 셔틀버스 바닥을 뜯어 내고 편편히 개조한 차량에서 함께 웅크리고 잤어요.

어느 날은 새벽에 밥하러 나왔는데 차 안에서 "내 다리 잘라 줘", "팔 잘라 줘" 하면서 앓는 소리가 들리는 거예요. 너무 아프니까 자면서 비명 소리를 내는 거예요. 눈물이 벌컥 솟았어요. 순례하기 전부터 전종훈 신부는 수술했던 오른팔이 아픈 상태였습니다. 수경 스님은 무릎이 닳은 상태였고, 문규현 신부도 몸이 말이 아니었지요. 그러면서도 모두 붕대 감고 파스 붙이고 계속 오체투지를 하는 걸 볼 때마다 숙연해지곤 했습니다.

그런 순례자들의 몸을 밤새 주물러 주는 사람들이 생겼습니다. 순례에 참여한 시민들이 마사지해 주고, 재활 치료사와 한의사, 의사 들이 중간중간 와서 치료해 주었습니다. 모두가 함께하는 오체투지였습니다.

— 장재원, 진행팀

순례자들이 얼굴이 까맣게 그을린 채 기어가는 모습을 보니 안타깝고 안쓰럽습니다. 《금강경金剛經》 사구게四句偈 중에 이런 게송이 있습니다.

약이색견아若以色見我
이음성구아以音聲求我
시인행사도是人行邪道
불능견여래不能見如來

'만약에 모습으로 나를 보려고 하거나 소리로써 나를 찾으려 하면 이 사람은 삿된 도(잘못된 길)를 행하는 자로서 결코 여래를 볼 수 없으리라'는 뜻입니다. 겉만 번지르르한 성장과 경제 위주가 아닌 본래 사회의 참 본성을 찾는 길로 돌아가야 합니다. 사람, 생명, 평화를 화두로 한 오체투지가 그 길을 힘겹게 열고 있다고 생각합니다.

— 가섭 스님, 실천불교전국승가회

—

몸은 더러워지고, 아스팔트 위의 흙냄새, 붙어 있는 껌들, 매연…, 평소에는 무관심했던 부분이 시선에 들어왔습니다. 그동안 주로 제 처지만 생각했는데 다른 생물과 대상을 생각하는 좋은 계기가 됐습니다. 부족한 사람을 위한 측은지심이 진정 사람답게 사는 길인 것 같아요. 사람과 사물을 배려해야 그나마 덜 불행하게 살 것 같습니다.

— 김평, 고양

—

사진으로 보는 것과 직접 보는 것이 다릅니다. 몸으로 보여 주는 사람들 모습에 감동했습니다. 오늘 길거리 벌레를 보고 저도 모르게 피해 가게 됐습니다.

— 우복녀, 강릉

우리 사회는 남 얘기를 듣는 법을 모릅니다. 삶이 너무 바쁘고 할 일이 많아서요. 미워하다가 좋아지는 마음은 가능하나 무관심한 마음은 바꾸기 힘들죠. 오체투지가 느리고 힘든 길이지만 서서히 사람들의 마음을 바꾸어 놓을 것입니다. 사람의 길이란, 남을 사랑하는 마음입니다. 진정한 사랑은 남을 깨닫게 해 주는 좋은 방법입니다.

— 도의정, 서울

스스로 부끄럽지 않은 것이 사람의 길이고, 자신과 남의 생명을 소중히 여기는 것이 생명의 길이요, 누구에게나 평등한 삶이 평화의 길입니다. 서울에서 지리산까지 도보 순례를 정기적으로 해서 하루 50킬로미터도 걸어 보았는데 하루 4킬로미터 이동하는 일이 이렇게 힘들 줄 몰랐습니다. 내가 이 순례에 오고 싶었던 이유를 찾고 싶어 등산 배낭에 개인용 텐트와 조리 기구까지 준비해 왔습니다.

— 김용암, 서울

어머니, 오죽하면 촛불을 켰을까요.
오죽하면 머리를 깎고 곡기를 끊었을까요.
오죽하면 하나밖에 없는 제 목숨을 던졌을까요.
오죽하면 힘에 겨운 이 길을 자청했을까요.

잃어버린 길 위에서 길을 묻는 자벌레들
타들어 가는 걸음걸음 눈물겨운 침묵의 기도
바람처럼 구름처럼 산 넘고 물 건너
초로록 초로록 피어나는 사람들이 한데 모여
가야 할 길 제아무리 멀고 멀어도
메마른 땅에 소통의 물꼬를 트며
묵묵히 느릿느릿 기어가는 자벌레들의 행진
오늘도 맨땅에 이마를 맞대고 납작 엎드려
다 함께 먹는 따뜻한 밥상을 꿈꾸는 자벌레들
한 걸음 한 걸음이 우리 삶의 희망이다.

— 박예분 아동문학가 〈자벌레들의 오체투지 순례〉 중

전주까지 왔습니다. 오후 순례 행렬은 100명이 넘었습니다. 육교만 설치
돼 휠체어를 사용하는 분들이 이동하기 어려운 길이 눈에 많이 띄었습니
다. 소수자에 대한 관심, 타인에 대한 배려를 생각합니다. 아중역 광장에
서 전주 시민 사회단체가 모여 '오체투지 순례단 맞이' 행사를 해 주었습
니다. 고맙습니다.

—

길 위에 엎드리고 선 지 꼬박 한 달. 여러 사람이 묻습니다.

"뭐 변하는 게 있는 것 같으냐?"

기어가는 자벌레 속도보다 더 느리고 느린 게 사람 마음을 얻는 것이고 세상의 변화 아닐까요. 며칠 동안 지나온 길은 산업 도로처럼 유별나게 큰 트럭이 많이 다녔습니다. 그 거대한 몸집이 빠른 속력으로 획획 달리면 바람과 먼지에 아스팔트 길조차 흔들립니다. 옆에서 기어가는 우리 같은 사람을 아예 무시하고 앞으로만 달리는 게 이 시대의 속도와 욕망의 자화상처럼 느껴지기도 합니다. 한편으론, 그렇게 달려야만 살아남는 절박하고 고단한 화물 노동자들의 삶도 생각하게 됩니다. 모두 특수 고용 비정규직이라 불리는 사람들입니다. 생존이 생명이고, 손에 쥐는 얼마간의 돈이 일상의 평화일 이들의 처지를 기억하며 한 배를 올립니다. 진심으로 바라는 건, 이렇게 선하고 착한 사람들, 땀 흘려 수고하고 노력하는 이들, 생명과 평화를 위해 일하는 이들이 힘내는 것입니다.

— 문규현 신부 〈힘내세요〉 중

기자들이 수경 스님에게 순례 비결을 물었습니다.

"무념무상…, 오직 이 순간만. 어제가 오늘이고, 내일이 또 지금 이
순간입니다. 한 달 순례 동안 오직 절을 하는 이 순간만 있었습니다."

스님이 던진 화두에 생각이 많아진 기자는 오체투지 도중 징 소리를
놓쳐 버렸습니다. 허둥지둥 일어서 다음 징이 울림과 동시에 몸을 땅에
던졌습니다. 당황해 마음의 평형은 깨졌고 그다음 절을 할 때도 허둥지
둥, 마음속 평정을 되찾기까지 꽤 오랜 시간이 걸렸습니다. 마음의 평정
은 화두를 잊는 데서 시작됐습니다. 생각하게 되면 몸에 힘이 들어갑니
다. 그러면 대지와 최대한 몸을 밀착할 수 없습니다. 땅과 좀 더 떨어져
있는 사람이 빨리 일어설 것 같지만, 오체투지는 그 반대입니다. 땅에 철
퍼덕, 대지와 최대한 밀착하는 자가 힘들이지 않고 금방 일어섭니다. 정
말 모든 생각을 다 버려야 했습니다. 그러고 나니 비로소 이해됐습니다.
무념무상. 한 달 순례길에서 오직 이 순간만이 있을 뿐이라던 스님의 말
씀이.

— 《프레시안》 김하나 기자 〈'오체투지' 직접 해 보니… "바람이 못 넘을 산 없다"〉 중

—

이젠 선선한 가을바람을 느낍니다. 그늘에 앉아 쉴 때는 바람이 찹니다. 경기 안성 미리내 성지에서 일하는 강정근 신부가 3박 4일간 순례단과 함께하려고 왔습니다.

> "나 자신을 회개하고 가장 낮은 자세로 새롭게 나고 싶어 왔습니다. 그동안 나도 모르게 물질적 풍요에 젖어 불편함을 못 참을 때가 있었습니다. 이걸 벗어 버리고 싶어 왔습니다. 오체투지를 하면서 좋은 생각에 머물러야겠다는 마음가짐으로, 마음을 한군데 모으고자 노력하겠습니다."

—

징이 울립니다. 그 소리에 따라 순례자들은 엎드린 몸을 바로 세우고, 다시 걷습니다. 징 소리가 아무리 커도 집중하지 않으면 소리를 놓칩니다. 오체투지 예법에는 본래 평화의 뜻이 있습니다. 땅에 닿는 신체 다섯 부분은 모두 둥글둥글합니다. 악업惡業을 둥그렇게 돌려 선업善業으로 전환한다는 의미입니다. 우리 사회의 악업인 반목과 대립, 갈등을 화합과 평화의 선업으로 바꾸는 행위가 오체투지입니다.

—

고산산촌유학센터 어린이들은 오늘 순례에 참여하려고 얼마 전부터 정기적으로 절과 오체투지를 연습했다고 합니다. 어린이들 뒤로 도선사 신도분들이 고령임에도 오체투지와 반배로 함께했습니다. "오체투지를 해 보니, 낮추며 사는 것이 사람이 사는 데 매우 중요한 덕목임을 가르쳐 주시는 것 같다"고 합니다.

아침을 맞은 전북 완주, 왕복 6차선 도로 건너편 철물점에서 작업복 차림에 빨간 목장갑을 끼고 모자를 눌러쓴 중년 남성이 나옵니다. 도로 중간쯤 안전지대로 오더니 순례단에게 박수를 보내며 "힘내세요!" 합니다. 순례 참가자와 진행 요원이 미소와 목례로 응원에 답하며 지나가는데 돌연 그분이 순례단 뒤쪽 끝으로 오더니 오체투지를 합니다. 이한표 씨였습니다.

"텔레비전에서 보고 저도 한번 참여하고 싶었어요. 볼 때는 쉬워 보였는데 막상 해 보니 힘드네요. 참가자들이 어려움을 감내하고 순례하는 건, 몸자보에 적힌 것처럼 정말 사람과 생명, 평화를 위해 한다고 생각해요. 저는 다른 건 잘 몰라요. 하지만 지도자들은 지도자답게, 농민은 농민답게, 성직자들은 성직자답게 사는 게 세상을 올바르게 만드는 길이겠죠?"

사람답게 사는 길은, 잘 모르겠습니다. 하지만 이러한 방향으로 살면 어떨까 하는 생각은 있기에 좋아하는 게송 〈신심명信心銘〉 중 일부를 말씀드립니다.

불용구진 유수식견不用求眞 唯須息見
진리를 구하지 말고 오로지 그릇된 견해만 쉬라.

우리는 진리를 찾으려 하거나 구하려고 합니다. 혹은 좋은 일을 하려고 애씁니다. 그것보다 먼저 자신이 가진 나쁜 생각, 그릇된 견해를 버리기만 해도 좋다는 뜻으로 이해합니다.

— 명계환, 진행팀 기수

세상이 물질만능주의로 미쳐 돌아갑니다. 돈벌이 수단이라면 뭐든지 하는 세상이 돼 갑니다. 사람이 중심이 되는 세상을 바라고, 오체투지로 물질에 대한 욕심을 버리고자 왔습니다. 해 보니까 처음엔 왜 저렇게 빨리 쉬나 답답했는데 시간이 지날수록 너무 늦게 쉰다고 불만이 생길 정도로 힘이 드네요. 청소년 지도자를 하면서 저녁 늦게까지 경쟁하는 아이들을 보고 안타까웠습니다. 서로 이기려고만 하는 것 같아요. 이게 다 물질과 경제에 치우친 가치관에서 비롯합니다. 경쟁보다는 서로 배려하고 화합하는 것이 진정 우리가 만들어 가야 할 세상입니다.

— 남교용, 울산

순례 38일차인 10월 11일, 전북 완주 치명자산 성지에 도착했습니다. 1801년 신유박해 당시 처형된 최초의 천주교 순교자들이 묻힌 곳입니다. 광장에 700여 명이 모였습니다. '생명과 평화를 위한 미사' 중에, 설정 스님이 '종교 화합과 생명 평화의 길'이라는 주제로 특별 강론에 나섰습니다.

"태초에 행동이 있었습니다. 동서양을 막론하고 진리입니다. 행동하지 못하는 우리의 초라함을 봅니다. 사람을 평등케 하지 않는 것은, 삶의 평화를 깨는 것입니다. 인간은 가치 추구의 존재이며, 가치 추구 방향에 따라 행복과 불행이 결정됩니다. 가치에도 여럿이 있으니, 물질 가치는 가장 하위 가치이며, 정말 중요한 것은 나와 삼라만상을 동일시하는 생명 가치와 생명다운 삶을 살아갈 수 있는 인격 가치입니다. 모든 삼라만상은 동일한 가치를 지니며, 자연과 내가 다르지 않다는 생명 가치야말로 가장 중요한 가치입니다. 가치를 추구하는 데에는 정성스러움과 공경스러움, 신의의 원리가 필요합니다. 그럴 때 참 생명, 평화, 사람의 길을 갈 수 있습니다. 정성은 하늘의 길을 여는 것이며, 이를 실천하는 것은 사람입니다. 생각과 언어, 행위가 참된 것이 사람의 길입니다. 미래의 사람, 생명, 평화를 위해, 또한 세상이 사람답게 살 수 있게 애쓰시는 오체투지 순례자들을 위해 박수를 부탁드립니다."

지난 5월 초부터 석 달 동안 우리 국민 가운데 많은 분이 촛불을 켜 들고 새 정부가 국민의 소리를 들어 달라고 평화적으로 간청했습니다. 초등학생, 여중고생, 주부, 직장인, 노인층까지 전국에서 나섰습니다. 이명박 대통령도 촛불 시위 기간 중간에 두 차례 자신의 잘못을 사과했습니다.

그러나 그 뒤에 돌아온 것은 무엇입니까. 촛불 민심은 폭도, 좌경 용공으로 매도되고 탄압당했습니다. 중고생과 유모차 주부들까지 경찰의 조사를 받았으며, 촛불 민심을 왜곡 보도하는 일부 언론을 비판하고 그 언론에 광고를 싣는 기업에 항의한 네티즌들은 구속된 사람들도 있습니다.

최근에는 이 정부를 비판하거나 촛불 시위에 참여한 모든 시민운동 단체를 좌익 세력으로 몰아세우면서 대대적인 탄압을 가했습니다. 동시에 부패 세력으로 몰아가려 합니다. 오죽했으면 여당의 최고위원과 원내대표까지도 두려워서 휴대 전화를 마음 놓고 쓸 수 없다고 할 정도로 공안 통치를 강화하고 있습니다.

광복절을 건국절로 바꾼다고 했습니다. 우리 독립운동의 정통성을 상징하는 대한민국임시정부의 법통을 무시하고 일제의 식민 통치가 한반도에 이득이 됐다는 이른바 식민지 근대화론을 주장하는 사람들이 우리 역사를 자신들의 주장대로 다시 쓰고 국정교과서도 바꾸겠다고 나섰습니다.

지난 10년간 힘들게 형성했던 남북 관계는 다시 냉전 시대나 다름없는 긴장 상태로 되돌아갔습니다. 북측이 마음에 들거나 잘해서가 아니라 동북아에 평화를 유지하고 언제 닥칠지 모를 한반도의 큰 변화를 능동적으로 맞이하려면 남북의 평화 공존은 꼭 성취해야 합니다. 그러나 이 정부는 북과의 대결이 불가피하다는 듯이 긴장 사태를 조성해 왔습니다.

미국에서 시작된 금융 위기는 전 세계의 위기로 퍼져 나가고 있습니다. 미국 자체 안에서 다시 세계 대공황이 닥쳤다는 공포의 외침이 나옵니다. 지금까지도 실업으로 고생했거나 비정규직 처지에서 해고의 공포에 시달렸는데 앞으로 더 많은 사람이 직장을 잃게 되지 않을까 불안해합니다. 외국산 쇠고기가 밀려들고 온갖 농산물이 밀려들어 와 이미 농민들은 지을 농사가 없다고 손을 놓은 상태입니다.

이런 가운데 수경 스님, 문규현 신부, 전종훈 신부는 오체투지 순례를 진행 중입니다. 한 달여 넘게 계속되는 동안 전국의 많은 사람이 이 순례에 동행하거나 인터넷 등 언론을 통해 함께 순례에 참여하고 있습니다. 이 행렬에는 사람의 길, 생명의 길, 평화의 길을 찾아 나선 순례자들이라는 표지 이외에는 아무런 주의 주장도 내걸리지 않았습니다. 금융 위기, 불경기, 실업, 그리고 공직자들의 턱도 없는 약속 위반, 거짓말로 고통당하는 국민을 위해, 자식들과 가족에게 제대로 된 먹을거리를 먹일 수 없어 당황하고 고통스러워하는 어머니들을 위해, 입시 경쟁에 찌들어 기를 못 펴고 사는 어린 학생들을 위해, 기도 드립니다. 나아가 경제 살린다는 말에, 부동산값 올려 준다는 말에 현혹돼 이런 세상을 만드는 데 동조자·방조자가 되지는 않았는지 곰곰이 생각해 보도록 권합니다. 남의 탓으로 돌리기 전에 내 책임은 없었는지 성찰하도록 권합니다.

— 이부영 전 국회의원, 치명자산 성지 '생명과 평화를 위한 미사' 중 〈격려사〉

익어 가는 벼 물결이 황금 바다로 일렁이는 들판, 그걸 잠시라도 바라보노라면 오체투지로 헉헉대던 심장도 혈관도 근육도 일순간 평온해집니다. 저것이 황금이지요. 사람들이 잊고 사는 진짜 황금. 평화와 평온함, 경건함과 넉넉함을 불러일으키는 것, 생명을 살리고 생명의 뿌리가 되는 것이 진짜 금입니다.

삶의 근본, 원초적인 힘을 회복해야 합니다. 그러자면 외면하고 잊고 있던 가치를 기억하고 찾고 선택해야 합니다. 허위와 위선과 탐욕은 버리고 진짜 내가 되기 위해, 허망한 유혹이나 욕심을 비우고 진정 마음에 묵직하게 간직해야 하는 가치는 무엇이냐고 자신에게 물어야 합니다.

많은 이가 엉뚱한 것들로 마음이 부산합니다. 부를 축적하느라, 해도 그만 안 해도 그만인 잡다한 관심사나 근심들 때문에, 오직 일 때문에 그리고 우리 주위에 매달고 다니는 각종 삶의 무게 때문에 그러합니다. 이 모든 것이 우리를 산만하게 합니다.

가는 길 질주하는 길, 멈추십시오.
사색하고 귀 기울이십시오.
자기 마음이, 삶이, 주위 존재들이 무어라 말하는지….

— 문규현 신부 〈멈추십시오, 사색하고 귀 기울이십시오〉 중

—

9월 4일 지리산 노고단을 출발해 한 달 일 주일. 길을 떠날 때는 지리산 자락의 가파른 비탈길과 아직 남아 있던 늦더위의 뜨거운 햇살이 순례자의 발길을 괴롭혔다면, 이제는 벌써 옷깃으로 스며드는 찬 가을바람과 스산한 찬비가 순례자의 몸을 움츠러들게 합니다.

—

기억해야 할 곳이 많습니다. 순례단은 순례 시작 이틀 전인 9월 2일, 그 아픈 곳들을 먼저 찾아갔습니다. 조계사의 촛불 항쟁 수배자들, 서울역에서 고공 농성을 했던 케이티엑스KTX 비정규직 노동자들, 94일 단식 농성을 한 기륭전자 노동자들, 평택 대추리 이주민들, 새만금 갯벌을 먼저 방문했습니다. 이렇게 오체투지는 민중의 삶과 결합해 있습니다. 오체투지는 고통받고 억압받는 만민을 위해 한 걸음씩 나아간다는 상징적 의미가 있습니다. 몸을 더 던져 더욱 낮은 자세로 세상과 진리를 섬기겠다는 결의입니다.

— 문정현 신부

—

길을 찾아가는 분들을 쫓아가는 중입니다. 아스팔트 차도 냄새가 이렇구나, 처음 느꼈습니다. 서로 어울려 친하게 지내며 살아가는 게 사람의 길입니다. 좀 더 져 주는 연습을 많이 하고 살아야겠습니다. 그것이 내 몸을 태워 세상을 밝히는 촛불 아니겠습니까.

— 김인국 신부

상구보리 하화중생 上求菩提 下化衆生

위로는 깨달음을 구하고 아래로는 중생을 구제한다.

구도를 위한 수행도 더불어 살아가는 생명들과 연대하고 구제하기 위함입니다. 사람의 길이란 남을 내 몸처럼 도우며 함께 사는 것입니다.

— 호법행 화계사 신도회장

그간 뜨거웠던 아스팔트 차도가 이제 차갑게 느껴집니다. 그러나 점심 무렵 햇살은 여전히 따갑습니다. 아침엔 두툼하게 입었던 옷을 오후엔 벗어야 합니다. 일교차가 커져 순례자들 건강이 염려됩니다.

순례단을 이끌던 죽비가 여러 갈래로 갈라지더니 오늘은 죽비의 짝인 나무판이 갈라졌습니다. 죽비는 원래 손바닥에 내리쳐 소리를 내지만 하루 천 번 이상 두드려야 해서 나무판으로 대신해 왔습니다.

—

아스팔트 차도에 엎드리는 순례단을 보고 허리 꾸부정한 동네 할머니 서너 분이 말씀을 나눕니다.

"뭐 하는 건가?"

"늙은 군인들이 기합받는 것 같은데, 뭔 잘못을 해서 저렇게 힘들게 기합을 받나?"

늙은 군인들? 기합? 격한 호흡과 신음을 뱉으며 오체투지 하던 순례자와 진행팀이 한바탕 웃습니다.

지나는 차량도 드문 작고 한적한 시골길에 딱딱 죽비 소리가 크게 울리면 놀란 주민들이 창밖으로, 문밖으로 고개를 내밉니다. 밖으로 나와 한참을 바라봅니다. 박수를 치기도 하고, 음료수를 주기도 하고, 집에서 카메라를 들고 나와 순례 모습을 기록하기도 합니다. 처음 보지만 두고두고 얘깃거리가 될 아주 특별한 순례입니다.

잠깐 순례에 동참했지만 제 교만함과 잘못을 뉘우치게 됐습니다. 순례에 딸아이와 함께 참여했는데, 사실 몇 년 동안 서로 단절하고 살아온 딸이었습니다. 그런데 오늘 자연스럽게 대화를 했습니다. 정말 오체투지가 저희에게 큰 선물을 주었습니다.

— 이정옥

저는 약할 때 약하지 못하고 강할 때 강하지 못하게 살아 왔습니다. 이 문제를 해결하려면 가장 낮은 자세로 기도해야 했는데 마침 오체투지 순례가 있어서 왔습니다. 제일 밑바닥에 엎드려 있으니 마음이 편합니다. 우리 사회의 문제는 서로 비교하면서 사는 것입니다. 더 빨리, 높이, 그리고 멀리 가려고 치열하게 경쟁하지요.

— 박혜원, 서울

—

논산 육군훈련소 근처를 지나갑니다. 아침 안개가 자욱해 길을 제대로 분간하기도 힘든 지경입니다. 지나가는 차량이 안개등을 켜고 다가오지만 50미터 내외에서만 확인됩니다. 차량을 통제하러 멀리 나간 진행팀원 역시 씽씽 달리는 차량에 자신을 보호해야 하는 상황입니다. 그 안개 속 저 멀리 논두렁길로 한 무리의 사람이 우리처럼 행군해 왔습니다. 훈련소에서 나오는 군인들입니다. 바닥을 기어야 하는 오체투지 순례단 모습도 서글프지만, 총을 메고 안개 속을 걸어야 하는 젊은이들 모습도 가슴 아픕니다. 오전 순례길 내내 총소리를 듣습니다. 우리 시대의 평화는 무엇일까요?

—

예전에 보지 못했던 것을 무수히 봅니다. '다른 사람을 나처럼 생각하는 것'이 사람의 길이며, 여기에는 자연과 사물도 포함됩니다. 생명의 길은 '함께 고통을 나누는 것'이기에 힘들고 고통스러운 오체투지가 생명과 평화를 지키는 좋은 방법입니다.

— 김일회 신부

—

세상에 빈부 격차와 양극화가 너무 심합니다. 없는 자들의 상실감이 너무 큽니다. 노력해도 결과가 없는 세상이 됐습니다. 사람들이 희망을 잃는 것이 우리 사회의 가장 큰 문제입니다.

— 김도숙, 전주평화동성당

논산평야 도로가에서 잠시 쉬는 시간. 초로의 농부, 유재원 씨가 찾아와 올해 수확한 햅쌀을 순례단에게 선물하며 눈물을 보입니다.

"저는 여기 사는 농사꾼입니다. 이틀 전부터 일하면서 순례단을 계속 보았습니다. 너무 미안해 이제야 찾아오게 됐습니다. 왜 우리 사회가 이렇게 됐나요? 신부님, 스님 고생 안 하시게 해야 할 텐데, 어린 학생들까지 고행하는 것을 보니 눈물이 앞을 가립니다. 올해는 이쪽 지방이 날씨가 좋아 농사를 잘했습니다. 저희는 일한 만큼만 생각하지 그 이상은 생각하지 않아요. 욕심 없이 사는 게 농민의 일상입니다. 하지만 이제는 물가가 올라 살기 어려워서 그런지 농심도 변하는 것 같아요. 시골 사람들끼리 교류하면 문제가 없는데 도심 장사꾼들과 교류하다 보니 그런 것 같습니다. 이제 사람이 짓는 농사가 없이, 전부 기계로 농사를 집니다. 이렇게 할 수밖에 없는 게, 안 그러면 유지가 되지 않아요."

—

오랜만에 이틀 쉬어 가는 날입니다. 세 성직자는 공터에 세워 둔 차량에서 숙박했습니다. 어제 참여한 순례자들에게 물어보았습니다. 사람의 길, 생명의 길, 평화의 길은 어떤 길일까요?

　－ 본래의 마음을 찾는 것.
　－ 겸손, 이해, 사랑, 기쁨을 주는 것.
　－ 부족할지언정 넘치지 않게 사는 지혜로움.
　－ 우리 모두가 더불어 살고자 하는 길을 모색하는 것.
　－ 뭐든지 살리는 것.
　－ 호흡처럼 자연스럽게 사는 것.
　－ 자기에서 벗어나는 것.
　－ 공존을 잊지 않는 것.
　－ 모든 것과의 참된 소통을 위해 애쓰는 것.
　－ 잠자는 이들을 깨워 내는 부름의 길.
　－ 인간이 인간답게 살 수 있는 공동체를 만드는 길.

━

오늘은 서울에서 김소연 금속노조 기륭전자 분회장과 송경동 시인, 이상규 민주노동당 서울시당 위원장 등 11명이 공장 앞에 망루를 쌓다가 경찰에 연행됐다는 소식이 들려왔습니다. 순례단이 순례에 나서기 전 들렀던 비정규직 여성 노동자들의 사회적 투쟁 현장입니다. 한 달에 법정 최저 임금보다 10원 많은 64만 1,450원을 받았습니다. 불법 파견 판정이 났으니 법에 따라 정규직으로 고용해 달라는 요구를 했다는 까닭으로 1,000일 넘게 공장에서 쫓겨나 거리에서 싸우는 이들입니다. 얼마 전 94일에 이르는 단식을 마쳤던 김소연 분회장까지 연행하는 정부는 도대체 누구 편입니까?

━

내가 살아온 생애를 반성하고 참회하고 싶어 참여했습니다. 오체투지를 하니 왠지 법당보다 더 편안한 느낌입니다. 아마 온몸을 땅에 대어 그런 것 같아요. 처음엔 다리가 아파서 불가능할 것 같았는데 함께하니 그런대로 수월해집니다. 모두가 살기 편하고, 따뜻한 마음을 나누면서 사는 세상이 되면 좋겠습니다. 사람답게 사는 게 별거 있나요? 그저 남에게 베풀고 욕심내지 않고 사는 것이겠죠.

― 박인숙, 부여 비로사

비가 오니 모든 것이 어렵습니다. 장갑과 온수, 우비가 부족합니다. 한 구간이 끝날 때마다 세 성직자뿐만 아니라 참가자 모두 비에 젖은 옷과 장갑을 짜내기 바쁩니다. 그마저도 나중에는 포기합니다. 오후 순례가 끝날 무렵까지 비가 세차게 내렸습니다. 굽은 허리를 더 굽히며 함께한 김양순 씨는 올해 85세로, 그간 순례자 중 가장 고령이었습니다.

> "저는 잘 몰라유. 그래도 우리 모두를 위해 저렇게 힘든 고행을 하시니 마음이 아프네요. 우리나라 대통령이 잘해서 나라가 잘 돌아가면 좋겠습니다. 나는 잘 살았으니 자손들만 잘 살면 여한이 없어유. 사람답게 살려면 남의 것 빼앗지 않고 양심껏 살아야 해요."

땅에 몸 던질 기회가 어디 또 있겠어요! 그동안 너무 높은 곳을 보며 가지 않았나 반성했습니다. 우리 마음은 항상 밖으로 치닫습니다. 자신을 돌아보아야 합니다. 오체투지가 그 기회를 주기에 충분합니다. 밖에서 보는 것과 실제는 다릅니다. 직접 동참해서 느끼기를 바랍니다.

— 진화 스님, 봉은사

시간이 갈수록 안 보이던 것들을 보게 되는 눈이 생겼어요. 사람 이외의 다른 생명도 보게 됐어요. 우리는 고속도로가 참 편하다, 길이 뻥 뚫려서 참 좋다는 생각만 하는데, 그 길 때문에 얼마나 많은 동물이 로드킬(동물 찻길 사고)을 당하는지 정말 지난 50여 일 동안 아주 처절하게 본 것 같아요. 그전에는 '아, 끔찍해!' 이런 느낌밖에 없었다면 우리의 편리함 뒤에서 얼마나 많은 다른 생명이 고통 속에 죽어 가는지를 자연스레 깨닫게 되는 거예요. 우리가 좀 불편하더라도 돌아가는 게 다른 생명에게는 더 이로울 수 있다는 생각도 들었고요. 오체투지 영상팀으로 일하면서 그런 생명에 대한 감수성을 키우게 된 게 고마웠어요. 땅의 눈높이로 다른 걸 보게 된 소중한 시간이었어요.

— 최유진, 진행팀 영상 담당

오체투지는 마치 듣기 훈련 같습니다. 숨소리, 자연의 소리, 양심의 소리를 귀 기울여 듣죠. 내게는 여러 가지를 들으면서 관찰하는 좋은 시간이 됐습니다. 또 오체투지는 언어나 문자가 아닌 몸으로 보여 주는 강력한 표현이었고, 외침이었습니다.

ㅡ 정동수, 제주도

1차 오체투지 53일째이자 마지막 날인 10월 26일 오전 8시.

충남 논산시 상월면 상도교회 인근 '새동네'. 출발에 앞서 '사람·생명·평화의 길'이라는 문구가 적힌 조끼와 무릎 보호대를 받습니다. 8시 35분쯤 60여 명이 순례에 나섭니다. 한 구간인 120미터를 이동한 뒤 5분 정도 쉬어 갑니다. 지관 스님의 징 소리에 맞춰 절을 하고 몸을 일으킵니다. 1차 오체투지 종착지인 계룡산 중악단까지 2.8킬로미터를 가는 동안 참가자는 금세 600여 명으로 불어났습니다.

시간이 흐르면서 온몸에 땀이 배고, 어느새 차가웠던 도로도 후끈 달아올랐습니다. 첫 구간에서는 몸을 파고드는 통증으로 주위의 아무것도 보이지 않았습니다. 세 번째 구간을 넘어가며 생사를 넘나드는 듯한 온몸의 통증과 싸움이 이어졌습니다. 오직 내 속에서 내뱉는 거친 숨소리만 들렸습니다. 마지막 구간에 접어들어서야 다른 순례자들의 발소리나 숨소리가 들렸습니다. 오만한 나를 버리고 비로소 겸손한 나와 내 이웃을 마주하는 순간이었습니다. 마지막 구간이 가까워지면서는 오히려 평온함이 느껴졌습니다. 세상의 온갖 소음이 사라지고 사람들과의 갈등과 대립을 넘어 자연과 하나 되는 경지를 맛보는 듯했습니다.

— 《서울신문》 하종훈·김영롱 기자 〈오체투지 해 보니… "겸손 배웠어요"〉 중

마침내 계룡산 신원사 중악단 앞에 도착했습니다. 1,000여 명의 순례단이 모였습니다. 김인국 신부의 사회로 지리산과 계룡산의 물과 흙의 합수합토식이 진행됩니다. 지관 스님이 그간의 일을 잘 정리해 줍니다. 전주 전주평화동성당 성가대와 서울 화계사 합창단의 합동 공연이 열립니다. 박남준 시인이 쓴 〈고천문〉을 그간 순례단 밥을 지어 온 조항우 씨가 낭독합니다. 박찬종 가수의 노래가 들려옵니다. 김지하 시인의 시 〈산 촛불〉을 촛불유모차 회원 임미경 씨가 낭송합니다. 오체투지를 만들고 이어온 평범한 순례 참여자들의 가을 단풍만큼이나 고운 이야기가 끊이지 않고 이어집니다. 묘향산 상악단까지 이 이야기와 꿈들이 이어지면 좋겠다는 소망입니다. 내년 봄에 만나 함께 가자는 약속들이 이어집니다.

"그간 모두 수고하셨습니다."

참여자 전체가 고요히 눈을 감고 마무리 명상을 하고 이어 평화의 인사를 나눕니다.

"하늘도, 땅도, 바람도, 비도 모두 수고하셨습니다."

나는 오체투지에 참여했던 사람들의 경험을 듣고 읽으면서, 오체투지 순례는 새로운 사회를 욕망하는 윤리적 감수성을 지닌 새로운 윤리적 주체가 만들어지는 중요한 장場이라는 생각을 하게 됐습니다. 그러면서 오체투지에 참여했던 사람들의 경험과 이야기가 더 많이 교환돼야 하고, 또 새롭게 해석돼야 할 필요가 있다는 생각을 했습니다.

순례 과정에 참여했던 사람들의 경험은 바로 오체투지가 그러한 감수성, 주체성을 스스로 생산하는 것을 가능하게 하는 몸 수행임을 말해 줍니다. 오체는 몸이고, 투지는 땅에 자기를 투하하는 것, 낮추는 것, 땅과 함께하는 것을 의미합니다. 오체투지를 수행하는 스님들의 언어에 따르면 그것은 '마음 낮춤의 최고의 수행'입니다. 즉, 최고의 수행이 '하심'이라는 것이고, 몸을 가장 낮은 곳에 위치시키는 것입니다. 오체투지를 시작한 성직자들에게는 이 수행이 몸을 비우는 것이어서, 몸의 감각이 만들어 내는 차별성에 큰 의미가 없을 것 같기도 합니다. 그러나 몸으로 살아가는 보통 사람에게 몸이 만들어 내는 감각은 곧 세계와 자신을 연결하는 중요한 고리입니다.

오체투지에 참여한 이들은 땅에 몸을 엎드리면서 세계 속의 자신을 다르게 이해하는 기회와 성찰을 얻게 됐다고 말합니다. 물론 이들의 이야기는 짧은 오체투지 경험을 통해 세계관의 변화를 얻었다기보다는 새로운 감각을 통해 세계에 대한 통찰력을 얻었다는 것을 강조합니다. 길에 몸을 엎드리면서 맡게 되는 아스팔트 냄새, 산업 폐기물과 휘발유 등의 역한

냄새, 매연, 누워 있는 사람에게 공포로 느껴지는 차의 속도, 소음, 길거리에 널린 곤충과 작은 동물의 죽음의 잔해와 흔적들, 파괴돼 가는 땅의 냄새, 흙냄새 등 느리고 낮게 몸을 놓아 보니 개발과 발전의 잔해가 너무 잘 보였고, 그것은 역하고 불쾌하게 느껴졌고, 생태적인 것과는 거리가 멀었습니다.

엎드린 것이 걷는 것보다, 걷는 것이 뛰는 것보다, 뛰는 것이 차를 타는 것보다 더 많은 것을 보게 하고, 또 주위를 아주 다르게 보이게 합니다. 혹은 기존에 보이던 것들은 보이지 않게 하고, 다른 것이 더 크게 보이고 중요하게 느껴지기도 합니다. 길, 생명, 평화, 사람, 땅 등에 대한 오체투지 후의 생각은 이전에는 결코 알 수 없는 것들이었습니다. 자신이 몸을 낮추어 땅과 같은 위치에서 세상을 봤을 때, 거기서 발현되는 주체성은 서 있거나, 달릴 때와는 아주 달랐습니다.

몸이 위치성에 따라 다른 감수성과 체험을 내부에서 생성시키는 것을 알게 됐고, 그 감수성은 이전의 경험에 대해 성찰적이며 비판적으로 됐습니다. 이렇게 몸의 새로운 위치성으로 세계의 질서와 관계에 새로운 감수성을 갖게 되는 것, 오체투지는 바로 이러한 감수성을 갖게 하는 수련의 장이었습니다.

이럴 때 몸은 이미 기존 사회에 대한 저항이며 대안이고, 다른 가능성으로 존재합니다. 자기 성찰과 변혁을 구도하는 종교적 수행으로서의 오체투지가 일반 시민에게 정치성과 급진성을 가지게 되는 것은 바로 몸 수행을 통한 새로운 주체성의 형성에 있습니다. 동시에 집합적 차원에서 몸의 느림과 하심에서 체험한 세계에 대한 인식과, 그 의미화 과정에서 생산되는 사유와 언설의 교류는, 새로운 주체성을 창조하고 교류하는 공공장을 만들어 내는 하나의 가능성이기도 할 것입니다.

— 김은실 이화여대 교수 〈새로운 주체성을 생성하는 몸 수행으로서의 오체투지〉 중

가장 낮은 자리에서 모두 하나 되어

오체투지 2차: 2009년 3월 28일~6월 6일
계룡산 신원사 중악단에서 임진각 망배단까지

—

다시 길을 갑니다. 길 위에서 길을 묻고 길을 구합니다. 소걸음처럼 느리고 아스팔트에 나선 애벌레처럼 미욱하게 사람의 길, 생명의 길, 평화의 길을 간청합니다. 진리를 탐하고 기도에 정진함은, 서로 귀하게 여기고 공존하며 사랑하고 나눌 줄 아는 세상을 간절히 소망하며 헌신하는 것입니다. 가난할수록 존중받고 열심히 사는 사람들의 꿈과 권리가 귀하게 대접받도록 하는 것입니다. 외롭고 서러운 이들의 눈물을 씻어 주고 품어 주는 공동체를 꿈꾸는 것입니다. 미래를 구하는 젊은이들에겐 가슴 벅찬 힘이 되고 의지가 되는 든든한 사회를 만들어 가는 것입니다. 저 먼 자식 세대도 이 나라 금수강산의 아름다움을 한껏 누리기를 바라고 또 그렇게 지키는 것입니다. 그리고 사람들 가슴마다 담긴 사랑과 인간애가 햇살처럼 피어나 냉소와 무심함을 따뜻하게 녹여 버리기를 간구하는 것입니다.

— 문규현 신부 〈우보천리牛步千里, 오체투지 기도 순례를 다시 떠나며〉 중

—

이명박 정권이 구조적·정신적으로 가속하는 퇴행과 역주행의 정치는 끊임없이 화火에 화火를 부르며 메마른 사회를 만듭니다. 권력을 사유화하고 국민을 업신여기는 이 정권은, 소수 가진 자들의 세상과 체제로 영구 재편할 수 있으리라, 국민이야 누르면 누르는 대로 굴복하고 위축되리라 믿는 것 같습니다. 양심과 정의 따위야 이기심과 개인주의 앞에 얼마든지 별 볼 일 없게 될 것이고, 연민과 연대의 끈은 두려움과 비굴함이 자르고 부숴 주리라 믿는 것 같습니다. 우리 국민은 유신 장기 집권 독재정권도, 국민을 학살하고 집권한 군사정권도 모두 물리쳐 왔습니다. 이 정권의 반민주적이고 반민중적인 행태 또한 용납하지 않을 것입니다.

우리는 꿈꾸고 희망하기를 계속해야 합니다. 살고 싶은 세상이 있다면 그를 향해 나서야 하고, 가고자 하는 길은 가야 합니다. 용산철거민 참사를 보며 아파하고 분노함은, 우리의 마음이 살아 있으며 양심이 일한다는 증거입니다. 이야말로 예수님께서 미약한 이들에게 가지셨던 연민이고 측은지심입니다. 이 마음이야말로 무슨 일이든 기꺼이 하게 하고, 이루게 해 주는 가장 큰 힘입니다.

온 생명이 눈부시게 피어나는 계절, 스스로 대지에 몸을 누여 썩어 가는 씨앗처럼 가렵니다. 스스로 썩어 생명을 틔우고 꽃 피우는 씨앗의 기쁨으로 가렵니다. 느림과 미련함, 바보스러움 속에 사람의 길, 생명의 길, 평화의 길을 구합니다.

— 문규현 신부 〈우보천리牛步千里, 오체투지 기도 순례를 다시 떠나며〉 중

—

나이가 벼슬이라고, 절집 밥을 축낸 햇수가 늘면서 대접받을 일이 많아졌습니다. 까닥 정신을 놓으면 수행자로서 죽음의 문턱을 넘어서게 생겼습니다. 하여 나는 '환계還戒'의 심정으로 오체투지의 길을 떠납니다. 제 허물을 제대로 보고 최소한 자신을 속이지는 말자는 참회의 기도를 하고자 합니다. 그래서 나를 바로 세울 수 있다면, 시절 인연으로 고통받는 여리고 약한 사람들과 말 못 하는 생명의 친구가 되고 싶습니다. 우리 모두 어떻게 살아야 진정 행복해질지, 모색하는 작은 계기라도 만들고 싶습니다.

— 수경 스님 〈오체투지 기도 순례를 떠나며〉 중

지금 우리 사회를 지배하는 건 '돈'을 찾아 헤매는 벌거벗은 욕망입니다. 모두 경제 위기 타령입니다. 죽겠다고 아우성입니다. 과연 그렇습니까? 지금 우리가 느끼는 위기는 모두가 강남에 최고급 아파트를 사고, 모든 아이가 국제중, 특목고, 명문대에 진학해서 대기업에 취직해야만 해결될 '욕망의 위기'입니다. 더 벌어서 해결할 문제가 아니라 삶의 방식과 규모를 조정해 삶 자체를 재편하지 않으면 해결할 수 없습니다.

— 수경 스님 〈오체투지 기도 순례를 떠나며〉 중

—

많은 분이 단 한 번이라도 오체투지를 경험해 보기를 간절히 바랍니다. 지난해에 지리산에서 계룡산까지 오체투지를 통해 지렁이의 시선으로 세상을 바라보면서 절절히 느낀 바는, 누구나 아는 소박한 삶의 진실입니다. 사람이 별것 아니라는, 산다는 게 별것 아니라는 새삼스러운 자각이었습니다. 그러한 '해방 체험'을 공유하자는 것입니다. 자유와 행복의 의미를 정직한 몸의 언어로 새겨 보자는 것입니다.

— 수경 스님 〈오체투지 기도 순례를 떠나며〉 중

시대의 아픔을 함께하며, 희망을 위해 그저 온몸을 던져 기도하고, 시대가 필요한 것을 찾는 그 길에 나서고자 할 뿐입니다. 무엇이 옳은지 그른지 모르고 방향성을 잃은 사회에서, 알면서도 하지 않는 기도를 하게끔 '기도 시위'를 합니다.

우리가 가는 길은 같이 쓰는 길입니다. 길은 독점하는 순간 생명이 꺼지는 것이기 때문입니다. 그 길은 사람의 길이자 생명의 길이며, 나아가 평화의 길입니다. 순례 동안 두 가지만 합니다. 하나는 나를 끊임없이 비워 내는 것이고, 다른 하나는 이 길 끝에 희망이 샘솟으리라 기대하는 것입니다.

— 전종훈 신부

여기 대한민국 계룡산 중악단
유세차 기축년 3월 28일
하늘과 땅, 우리가 기꺼이 모셔야 할 세상의 모든 생명과 신명들께
고개 숙입니다, 엎드려 절합니다

가진 자의 논리가 세상에 팽배하는 시대에,
힘의 우위가 정의와 평화라는 이름을 대신해 깃발 내거는 시대에
길이 보이지 않아 길을 묻고 길을 찾아 떠납니다
이기심이 나와 내 이웃의 삶을 짓밟고
더 많이 가지려는 욕심을 키웠습니다
인간 중심의 개발 논리가 자연을 병들게 하고
큰 재앙을 불러들입니다
힘의 논리, 싸움의 논리가
전쟁을 일으키고 죽고 죽임의 세상을 만듭니다

생명과 평화로 가는 오늘의 다짐이 아니라면
저 산, 저 강과 들녘, 저 바다 위로
다시 내일의 해가 뜬들 무슨 소용이 있습니까
분단된 조국, 민족 통일로 가는 길이 아니라면
어떤 용서와 화해가 우리에게 필요하겠습니까
함께 꿈꾸지 않는다면 어찌 세상의 병든 땅 위에
한 그루 나무의 씨앗이 싹을 틔우며 푸르러지겠습니까

— 박남준 시인 〈생명과 평화로 가는 길을 잃지 않았으니〉 중

서로를 모독하는 말도
서로를 상처 내는 폭력도
사람을 죽이고 우리가 쌓은
문명을 파괴하는 온갖 무기도
무릎과 팔굽과 이마처럼 땅에 붙여
흙이 되게 하면서

이 땅을 평화의 땅으로
이 땅을 사랑의 땅으로
이 땅을 희망과 생명의 땅으로

부드럽고 포근한 땅에 다시
무릎을 꿇고 팔굽과 이마를 붙이고
가진 사람 못 가진 사람 모두 하나가 되어서
높은 사람 낮은 사람 모두 하나가 되어서
남쪽 북쪽 모두 하나가 되어서

지리산에서 계룡산까지
계룡산에서 다시 묘향산까지
한라산에서 백두산까지

— 신경림 시인 〈가장 낮은 자리에서 우리 모두 하나가 되어서〉 중

지성인은 지식에 속고, 장사치는 숫자에 속고, 공직자는 힘에 속습니다. 사랑에 빠진 사람은 집착에 속고, 연예인은 인기에 속고, 종교인은 권위에 속습니다. 아집에서 빠져나오기가 만만치 않습니다. 안락한 아집을 벗어 버리는 일은 죽음보다 깊은 두려움입니다. 그래서 완전히 자기를 던지는 시간이 필요한지도 모릅니다. 오체투지는 기도의 시간이고, 모든 것을 내려놓고 본질적인 것을 향해 시선을 안으로 거두는 시간입니다.

온몸을 땅에 던져 봅니다. 녹록지 않습니다. 안정적으로 호흡에 몰두하기까지 몸은 얼마나 무겁고 아픈지, 마음은 또 얼마나 산란하게 흩어지는지. 시선을 안으로 돌려 몸과 마음을 돌보지 않으면 견딜 수 없습니다.

겨울잠을 깨고 일어난 오체투지 순례는 계룡산 중악단에서 다시 시작했습니다. 임진각을 거쳐 묘향산까지 가려는 것입니다. 벌레처럼 느리고 형벌처럼 힘이 드는데도 가야 하는 이유는 '너'를 교정하기 위한 거라기보다 바로 '나'입니다. 온몸의 세포가 일어나 아우성치니 자연스럽게 내부로 눈을 돌리게 됩니다. 내 몸의 감각들을 섬세하게 관찰하고, 섬세하게 돌아보지 않으면 고통으로 무너지니까요. 관찰로 극한 고통을 해체해야만 하니까요. 그러다 보면 호흡만이 선명합니다. 인간이 호흡이고, 호흡이 바람이고, 바람이 생명입니다. 그 호흡 속에서 우리가 혹했던 숫자가 날아가고 지식이 날아갑니다. 집착이 녹고 권위가 녹습니다. 그 호흡 속에서 모든 것이 하나가 됩니다. 강물은 몸 밖의 피고, 산은 몸 밖의 폐입니다. 우리는 모두 한 몸이어서 네가 아프면 내가 아픕니다. 그러니 아픔은 아픔대로 오게 하고 슬픔은 슬픔대로 받아들일밖에요.

— 이주향 교수 〈너는 온몸을 던져 본 일이 있느냐〉 중

"경제를 살리겠다"는 약속으로 다수 국민의 표를 얻은 정권이 수립된 지 일 년 반이 되어 갑니다. 과연 약속대로 경제가 살아났는가요? "그렇다"고 대답할 사람은 아무도 없지 싶습니다. 우리는 경제가 몇 사람이 노력한다 해서 살아나는 물건이 아니라는 진실을 지금 어렵게 배워 가는 중입니다. 미국에서 일기 시작한 이른바 '금융 대란'은, 몸 하나 꼼짝하지 않고 앉은자리에서 돈으로 돈을 벌겠다는 터무니없는 욕심과 저쪽 투자자들이 언제 무슨 짓을 할지 몰라서 초간 단위로 눈을 굴려야 하는 이쪽 투자자들의 불안 심리와 거기서 파생되는 총체적 두려움의 합작품인데, 어느 정부 어느 경제팀이 무슨 재주로 그것을 평정하겠습니까?

지금 누굴 탓하자는 얘기가 아닙니다. 사실 아무도 고의로 잘못하지 않았습니다. 다만 어리석어서 자기가 누군지, 지금 어디로 가는지 몰랐을 뿐입니다. 너무 어리석어서 자기가 지금 무슨 엉터리 약속을 하는지 그걸 몰랐고, 자기가 지금 무슨 터무니없는 말에 속는지 그걸 몰랐을 뿐입니다. 아니, 아직도 여전히 모릅니다. 일체유심조一切唯心造라, 사람 세상에 일어나는 모든 일이 사람 마음에서 나옴을 모르고, 경제 안정이든 경제 불안이든, 태평성세든 전쟁 난리든 그게 모두 사람 마음의 작용임을 모르고, 엉뚱한 곳에서 잃은 물건 엉뚱한 데서 찾아 헤매는 어리석음을 곱빼기로 연출합니다.

하늘 아버님과 땅 어머님이 당신 자식들의 허둥지둥하는 모습을 더 두고 볼 수 없으셨던가, 이른바 '종교인'이라는 찌지를 이마에 달고 살아가던 세 아들(규현, 수경, 종훈)을 특별 차출해, 온몸을 땅바닥에 내어던지고 내어던진 그 몸을 하늘 향해 일으켜 세우고 다시 그 몸을 땅바닥에 내어던지는 '오체투지'를 시키십니다. 그들은, 하늘 아버님과 땅 어머님이 어리석은 이 백성에게 주는 절박한 훈계를 전하기 위해 온몸을 땀과 고통으로 절이며 이 나라 국토를 관통하는 심부름꾼들입니다. 그들이 전하는 천지 부모의 메시지는, 바람 부는 날 바다의 파도처럼 널을 뛰는 온갖 경제 지표들의 공갈에 더는 속지 말고, 이제라도 늦지 않았으니 하늘로 땅으로 귀의하라는 것입니다.

하늘은 누군가요? 자신은 어디에도 없으면서 모든 것을 있게 하는 가없는 허공입니다. 땅은 누구인가요? 가장 낮은 곳에 처해 저에게로 오는 모든 것을 취사선택 없이 받아 주는 바탕입니다. 거기, 사람들이 하늘과 땅의 품에 자기를 귀의해 하늘과 땅을 닮아 가는 바로 거기에 참 생명이 숨 쉬고 참 평화가 피어납니다.

— 이현주 목사 〈하늘과 땅의 심부름〉 중

‘탁, 탁.’

다시 봄이 왔고 우리는 순례를 시작했습니다. 분단의 장벽마저 넘어 묘향산 상악단까지 이 땅의 평화를 기원하며 가는 간절한 길입니다. 봄의 새순처럼 많은 이가 잊지 않고 찾아와 첫날 순례에 함께했습니다.

‘탁, 탁.’

죽비 소리에 맞춰 고요한 순례가 시작됐습니다. 지난겨울 내내 이 소리가 그리웠습니다. 그래서 쉬는 시간에 순례자들에게 우리의 안일과 나태를 깨우고 일어서게 하고 다시 온몸을 수그리게 하는 죽비 소리를 어떻게 느끼는지 물어보았습니다.

- 일어나라, 움직이라는 소리. – 박순여
- 소리는 작지만 맑고 큰 힘으로 들려요. – 유인숙
- 깨어나라, 회심의 마음으로 담기 때문에 그렇게 들린다. – 박순애
- 함께하는 소리로 다가옴. – 김형진
- 경종의 소리, 내 자신을 찾으러 와서인지 온몸이 편안한데 "딱" 하는 소리에 왠지 정신이 번쩍 들어요. – 강형진
- 채찍질 같고 꾸짖음 같아요. – 이시희
- 딱딱 깨우는 소리, 딱딱 깊고 드넓은 세계로 초대하는 소리. – 최광식
- 마음이 아프게 다가온다. 사회적 아픔의 소리로 들린다. – 이미숙
- "정신 차리라"는 소리로 들린다. 깨어 있으라. – 강인경
- 마음이 덜컹 내려앉는다. 뭔가 잘못을 했을 때의 느낌, 그릇된 생각이 하나씩 깨져 나가는 느낌요. – 조선희
- 일어나라, 움직이는 소리. – 박순여

—

둘째 날 쉬는 시간엔 순례자들에게 '생명의 길'은 어떤 길인지 물어보았습니다.

- 삶의 길이 곧 생명이며, 함께 살아가는 모습 그것이 생명의 길.-임상교
- 우리가 함께 살아가야 하는 길, 우리 자손도 함께 가야 할 길.-정춘교
- 아이들과 함께 가야 하는 길. 자녀 셋이 있기 때문.-박미숙
- 흙에서 왔기 때문에 흙으로 돌아가는 길.-신하안메
- 사람은 자연을, 자연은 사람을 품는 것이 생명의 길.-박영순
- 오체투지 하면서 먼 미래의 평화를 위해 함께 나아가는 것.-김은숙
- 역설적이지만 죽음의 길이다. 부처님께서는 자신을 죽이고 출가하셨기 때문에 중생에게 다가왔고, 예수님도 자아를 죽여 새로운 생명으로 부활하셨기 때문이다. 자연에서도 밀알이 썩고 죽어야 새로운 생명이 소생하듯, 오체투지도 자신을 죽이고 낮춤으로써 권력과 부가 참 생명이 아님을 보여 주는 것이라고 생각한다.-김영식
- 손자 손녀가 너무 이쁘다. 있는 그대로의 자연을 보전해서 물려주는 것이 생명의 길이다.-박강조
- 만물은 의미가 있듯이, 서로 감싸안고 살아가야 하는 것이 생명의 길이다. 이를 가능하게 하려면 서로 받아들이고 비워야 하지 않을까요.-연규영

2008년 1차 가을 순례에는 미얀마 민주화 운동가인 마웅저가 순례단 진행팀으로 참여했습니다. 이번 2차 순례에는 프랑스에서 온 수브라Subra (법명 원중)가 함께합니다. 수브라는 아주 현란한 저글링 묘기로 순례단을 항상 웃게 해 줍니다. 프랑스에서 열여덟부터 스물두 살까지 서커스 단원이었답니다. 주특기인 저글링에 춤을 가미한 묘기도 가능합니다. 스물여섯 살까지 웨이터 등 많은 일을 했답니다. 프랑스에서 우연히 알게 된 이를 통해 불교 철학에 관심을 갖게 됐다네요. 그 계기로 일본과 한국에 오게 됐죠. 당분간 아시아 국가에 머물면서 불교 공부를 할 예정이나, 승려가 될지는 아직 잘 모르겠답니다. 한국의 자연 경관, 강, 산, 들이 너무 아름다워서 즐기면서 오체투지에 함께한답니다. 마웅저와 수브라도 나이고, 우리입니다.

바람이 심하게 부는 데다 지나는 차량까지 바람을 일으켜 체감 온도가 더 낮아졌습니다. 세 성직자뿐만 아니라 참여자 모두가 몸이 얼어붙어 30분 일찍 순례를 마쳤습니다. 오늘부터 진행팀으로 죽비와 징을 맡은, 공주 영평사 혜수 스님에게 이야기를 들었습니다.

"세상은 모든 사람이 살아가는 공간입니다. 모든 존재가 건강하고 행복했으면 하는 마음에 진행팀에 동참했습니다. 현대인은 자기성 찰을 하지 못해 괴롭습니다. 참 자아를 반조하지 못해 괴로운 거 죠. 사람들이 자신의 삼독심三毒心(탐욕, 분노, 어리석음)을 들여다 보고 바로 알아차리면 삼독심은 사라지고 세상은 행복해질 것입니 다. 제가 수행자라서 그런지, 인간으로 행복하게 살아가는 길은 수 행이라고 생각합니다. 수행이란 바로 알아차림[觀](위빠사나, 관찰) 입니다. 번뇌와 망상이 생김을 두려워할 게 아니라, 그러한 생각을 늦게 알아차림을 두려워하라고 하신 옛 조사님들의 말씀처럼, 매 순간 바로 알아차리면 세상은 행복해질 것입니다."

오늘은 약간 무리를 해서 3.8킬로미터를 나아갔습니다. 신공주대교로 금강을 건넜습니다. 조금 더 상류로 가면 금강과 미호천이 합류하는 지점이 있습니다. 아름다운 풍광과 뛰어난 생물종 다양성을 자랑하는 곳인데, 이명박 정부가 추진하는 4대강 토건 사업으로 훼손될 위험에 처해 있답니다. 도대체 괴롭히지 않는 곳이 어디입니까? 이순재 씨는 순례에 참여하려고 대전에서 왔는데, 민물고기보전협회에서 활동합니다.

"대한민국 하천은 사람의 손길이 닿지 않은 곳이 없이 여러 개발로 훼손됐습니다. 거기에 다시 무슨 운하를 만들고 댐을 짓고 하천을 준설한다는 건지, 터무니없는 소리입니다. 그저 건설 자본과 지역 토호 세력들 배 불리는 정책일 뿐입니다. 자연은 자연 치유적인 힘을 가지고 있는데 굳이 4대강 하천 정비 사업을 하는 이유가 뭔지 의문입니다."

—

엎드려 있는 시간이 길었으면 좋겠습니다. 한량없이 엎드려 있고 싶습니다. 바닥에 납작하게 엎드려 있으니 평안합니다. 땅도 평탄하고…. 오체투지는 욕망을 다 내려놓는 것입니다. 다 비우고 그 마음으로 감사하고 공경하는 마음입니다.

— 조성일, 공주

—

순례에 참여하는 방식은 다 다르겠죠. 마음만 전달하는 분, 순례단 소식을 알리는 인터넷 카페에 관심을 주는 분, 직접 오셔서 땅에 얼굴을 대는 분 등이 있을 텐데, 저는 시간이 날 때마다 와서 사진을 찍어 알리는 일로 참여하겠습니다.

— 박용훈, 진행팀 사진 기록

저는 신학 공부를 하는 학생입니다. 작년 가을 오체투지가 큰 울림으로 다가와 진행팀을 자원했습니다. 실제로 진행팀에서 생활해 보니 성직자들께서는 '성과 속'의 구분을 짓지 않고 일상 속에서 살아가는 모습을 편안하게 보여 주시는 것 같습니다. 오체투지를 해 보니까 몸은 힘든데 그래도 제 내면에서 기도라는 모습은 이래야 한다는 것을 느끼게 되고, 무엇을 바라는 욕망의 표출이 아니라 자기 성찰과 살핌이 더 소중하다는 생각이 진지하게 다가옵니다. 오체투지 순례를 통해 꼭 무엇을 얻겠다는 마음은 오히려 매일 수 있으니 좀 더 편안한 마음으로 순례 진행팀으로 일하고 싶습니다.

참, 오늘 순례 때 어린 박새 한 마리가 도로변 귀퉁이에 죽어 있었습니다. 오늘 순례길에 만난 어린 박새의 죽음을 애도합니다.

─ 김형권, 진행팀

—

오체투지가 보기보다 힘듭니다. 편안한 것에 너무 길든 것 같아요. 차
타고 다닐 때는 몰랐는데 아스팔트에 엎드려 보니 이 도로 밑에서 죽어
갔을 동식물들이 떠올랐습니다. 문명이 우리를 편안하게는 하지만 자연
을 힘들게 합니다. 일상생활에서 자연을 아끼는 마음을 나눠야 할 듯합
니다.

— 임영, 대전

2차부터 오체투지 진행팀으로 함께한 송정희 씨는 순례자들의 고마운 손발입니다. 순례단이 쉴 때 필요한 음료나 날씨에 따라 필요한 장갑이나 모자를 챙깁니다. 하루를 마치면 순례단의 몸과 마음 상태는 어떤지, 불편한 곳은 없는지, 다시 필요한 것은 무엇인지, 어디에서 구할 수 있는지 점검하고 준비합니다. 저녁 회의를 마치고 난 다음까지도 본인의 몸이 아닌 타인의 몸과 마음을 챙기는 일로 쉴 틈이 없습니다. 가끔은 차라리 오체투지를 하고 말지 생각하다가도 그럼 누가 뒷일을 챙길까 허드렛일 하는 걸 기쁨으로 삼습니다. 그의 노고 역시 오체투지입니다.

2001년 지리산살리기 650리 도보 순례에 우연히 참가해 수경 스님을 만나게 된 인연입니다. 2003년 새만금 살리기 삼보일배 때는 전 구간에 일꾼으로 참여했습니다. 오체투지는 2차부터 진행팀으로 함께합니다. 자신은 활동가가 아닌 평범한 시민일 뿐이라고 합니다.

—

공주시 정안천을 따라 아침 안개가 자욱했습니다. 찬바람에 떨었는데 점심 무렵부터는 봄날 햇빛에 이마에 땀방울이 맺힙니다. 채 100미터도 되지 않는 거리에 벌써 숨이 막히고, 얼굴이 붉게 상기됩니다. 며칠 전에 점심 장소를 구하지 못해 애를 먹었는데, 오늘은 어느 넓은 집 마당을 주인의 배려로 사용했습니다. 인근 지역을 오가면서 순례단을 보았다며 흔쾌히 내주었습니다.

—

수녀 생활이 어느덧 24년이 돼 가던 차에, 어느 날 문득 '혼자 잘 살아서는 아무런 의미가 없다'라는 생각이 들었습니다. 마음은 있었지만 사실 가난한 사람을 위한 실제적인 행동은 없었던 것 같아요. 누구든 생명을 키우면 생명의 소중함을 알게 됩니다. 그러면 자연히 사람의 길을 알게 될 것입니다. 우리 모두 각자의 위치에서 모든 피조물의 생명을 살리는 삶을 살았으면 좋겠습니다.

— 이데레사 수녀, 사랑의 씨튼 수녀회 수련소

순례단이 더위를 피해 어느 가게 앞 큰 나무 아래서 쉬었습니다. 미심쩍은 눈으로 바라보던 동네 할머니가 오체투지를 한번 따라 해 봅니다. 천천히 바닥에 몸을 뉘고 한참이 지나서 몸을 일으킵니다. 숨을 한참 몰아쉬더니 다시 오체투지 합니다. 일어나서 참가자들을 바라보며 이야기합니다.

"이렇게 힘들어서 워떻게 한대유? 복 많이 받으세유!"

내내 지켜보던 문규현 신부가 가만히 할머니를 안아 드립니다. 먼 길을 가야 하는 순례자들은 다시 길을 나서고, 동네 어귀에 선 할머니는 조심해서 가라며 계속 손을 흔듭니다. 할머니의 손짓이 세상을 위한 기도입니다.

누워 있는데 마음이 편안해졌습니다. 지저분하고 더럽다고 생각했는데, 처음 길에 누워 봤는데, 마음이 이렇게 편안할 줄 몰랐습니다. 땅에 이마가 닿으니 심장 뛰는 게 느껴져 좋았습니다. 아스팔트가 편리하고 흔한 길이지만, 그곳에는 생명이 없습니다. 오체투지가 세상을 바꾸는 것이 아니라 나를 바꾼다는 것에 동의합니다.

— 송인화, 부여

4월 11일 순례 68일째입니다. 오전 일정을 마지막으로 순례단은 공주시 경계를 넘어 천안 지역에 진입합니다. 차령고개 옛 휴게소 자리 공터에서 점심을 먹고, 구 23번 지방도로로 접어듭니다. 빠르게 가야 하는 차량은 모두 신 23번 국도로 달려갑니다. 우리가 가는 구 23번 지방도로에는 새소리와 바람 소리, 죽비 소리와 순례자들의 발걸음 소리만 들렸습니다. 그동안 차량 소음에 시달렸는데, 오늘은 행복하다는 말을 실감합니다. 느린 게 행복임을 배웁니다. 고요하고 적막한 삶이 행복임을 배웁니다.

내가 누군지 반조하면서 진정한 내 삶을 찾아보려고 왔습니다. 오체투지는 땅과 내가 솔직하게 대화하는 자리이며, 나를 전적으로 땅에 맡기는 행위입니다. 사람답게 사는 길이요? 내놓고 사는 것이 사람답게 사는 길이라고 생각합니다. 예를 들어 이쑤시개를 움켜쥐려고 하면 한 개비만 쥘 수 있지만, 손바닥 위에 올려놓으면 수북이 쌓을 수 있듯이, 움켜쥘수록 각박해집니다. 필요한 것만 가지고 사는 게 인간답게 사는 행복한 삶입니다.

— 송백지, 남방문화연구소장

태안성당 신부로 있을 때 기름 유출 사고로 죽어 가는 물고기들을 보면서 인간의 죄가 크다고 생각했습니다. 이런 사태가 발생하는 건, 인간의 이기심과 탐욕 때문입니다. 편안하게 살려고 하고, 소유하고 탐욕에 젖어 나도 모르게 죽여 버리는 것입니다. 땅에 사죄하는 마음, 큰절로 속죄하는 마음입니다. 죽어 간 동식물들, 말로써 사람들에게 상처 입힌 죄를 사죄하고 싶었습니다.

— 구본국 신부, 부여성당

—

부활절 전야. 하루 일정을 마치고 세종시 전의성당에서 부활절 미사를 드립니다. 스님들도 함께하는 미사입니다. 전종훈 신부는 오체투지 순례의 특별함을 '비움과 충만'이라고 했습니다. 수경 스님을 가리켜 "신문에서나 뵙던 매우 큰스님인데, 자신과 같이 바닥을 기고 있다"며 그것이 오체투지의 정신이라고 소개해 모두를 웃깁니다. 한 말씀 부탁하는 전종훈 신부 요청에 수경 스님은 합장하며 미소로만 화답했습니다.

—

오전에는 봄꽃이 만발한 작은 시골 마을을 지났습니다. 고요하고 평화로운 길이었습니다. 봄날을 알리는 복사꽃이 마을 이곳저곳에 피었습니다. 산에는 진달래가, 도로변에는 벚꽃이 피어 봄을 알립니다. 자연은 이렇게 매번 새로운 세상을 만듭니다.

세상 돌아가는 것이 답답했습니다. 광우병 촛불 항쟁을 보고 저도 뭔가 하고 싶었는데 개인적으로 할 수 있는 일이 없었습니다. 오체투지가 저에게 기회를 주었습니다. 반배만 했는데도 어렵습니다. 그래도 죽비 소리, 발소리에 마음이 모아지니 좋습니다.

— 김명진, 청주

1번 국도에 다다랐습니다. 일제강점기에 만들어진 1번 국도는 우리나라에서 교통량이 가장 많은 도로 중 하나입니다. 그러나 굉음을 내며 내달리는 1번 국도의 분주함 속에서 순례단은 오히려 여유롭습니다. 순례 참여자들 모두 속도의 노예가 되라는 현대 문명의 주문을 거부하고, 편리함의 속도를 거부하기 때문입니다. 자동차로 5분이면 갈 거리를 하루 내내 온 힘을 다해 갈 뿐입니다. 이렇게 천천히 걸어가는 사람의 눈에는 온갖 세상이 다 보입니다.

가진 자는 법망을 피해 항상 면죄부를 주는 사회, 문제가 많습니다. 오체투지가 모든 것을 해결할 수는 없겠지만, 그래도 이렇게 목소리를 내면 조금이라도 달라지지 않겠습니까? 정의가 있다는 것도 보여 주는 것입니다. 초등학교 도덕책을 보면 사람답게 사는 길이 있습니다. 단순합니다. 거짓말하지 않고, 도둑질하지 않고, 성실하게 사는 것입니다. 이렇게 단순한 곳에 진리가 있다고 생각합니다.

— 장혜신 교무, 강경

—

국토 순례에 나선 부자가 어제에 이어 오늘도 왔습니다. 아버지는 "어제는 비도 맞고 처음 하는 오체투지여서인지 지금 온몸이 아프지 않은 곳이 없습니다"라는데, 열다섯 살 아들은 잘 잤는지 물어보는 진행팀 물음에 씩 웃기만 합니다.

> "아버지와 상의한 끝에 더 넓은 세상에서 산교육을 체험하기로 했어요. 그전에는 전혀 경험하지 못한 생각을 국토 순례를 하면서 하게 됐어요. '내가 누구인가, 내가 왜 걷는가.' 학교에서는 물어보지 않던 생각들이요. 오체투지도 제게는 색다른 경험이네요. 어제 비 오는 날, 비를 맞으며 땅에 엎드리는 사람들의 모습이 신기했어요."

— 신세균 · 신현종 부자, 원주

—

순례자들에게 물어보았습니다. 느림이 갖는 의미는 무엇일까요?

- 개인적으로는 천천히 가고 싶은데 세상의 흐름이 빠르니 어찌할 도
  리가 없어요. -김종욱
- 느리게 살면 자기를 성찰할 시간이 많아져요. 자기 생활에 더 충실
  해질 거예요. -이준영
- 빠름 때문에 많은 실수를 하고 살아요. -수브라
- 정교해지고 실수하지 않는다. -정수 스님
- 모든 것을 정확히 바라볼 수 있다. 빠름 때문에 정확함을 놓친다.
  -법연 스님
- 너무나 빠른 이 시대에는 느림의 공부가 필요한 때다. 이 안에 많은
  답이 있을 것이다. -김호영

봄날 가로수도, 배밭의 배꽃도, 복숭아밭의 복사꽃도 원색의 물감을 풀어놓은 듯 아름다운 날입니다. 오늘 쉬는 시간엔 순례자들에게 '자신이 꿈꾸는 나라'를 물어보았습니다.

– 과하지 않고, 모자라지도 않게 먹고 쉴 수 있는 나라. –김행철
– 사람들이 서로 배려하면서 조화롭게 사는 나라. –김정숙
– 부족한 사람들이 없이 자급자족하며 살 수 있는 나라. –한상헌
– 누구나 평등하게 사는 나라. –박은숙
– 노력한 만큼 투명하게 대가를 얻는 나라. –최형심
– 약자를 배려하는 것이 자연스러운 나라. –위현
– 억울하다고 생각하는 사람이 없는 나라. –최정숙
– 마음에 평화가 있고 서로 위해 주는 사람이 많은 나라. –김종대
– 상대적인 빈곤이 심하지 않은 나라. –박군자
– 일거리가 누구에게나 있는 나라. –이현송
– 대통령이 별로 할 일이 없는 나라, 신동엽 시인의 시처럼 대통령이 휴일에 자전거에 막걸리 세 통을 싣고 시인 친구 집에 놀러 가는 나라. –이원규

나도 쌩쌩 달리는 차들처럼 더 빨리 가려고 경쟁했던 게 아닌가 합니다. 쭉 뻗은 도로처럼 주변을 볼 수 있는 여유도 없었습니다. 정부에서 사람 그리고 생명에 대한 존중 의식을 갖기를 바랍니다. 특히 남북 평화 상태에 찬물을 끼얹는 행위를 하지 않았으면 좋겠습니다. 나는 자녀가 둘 있습니다. 우리 애들은 서로 보듬고 껴안는 세상에서 살기를 바랍니다. 상대방이 필요하다면 줄 수 있고, 자신이 필요하다면 달려갈 수 있는 사람이 많은 세상이요. 저도 지금 오체투지에 임하는 자세처럼 돌아가서도 계속해서 그러한 삶을 이어가고 싶습니다.

— 이시희, 대전

—

자녀에게 내가 조금 손해가 있더라도 남에게 피해를 주면 안 된다는 교육을 하고 싶습니다. 지금은 어린 학생들이 공부, 그리고 바쁜 삶에 찌들어 있어요. 마치 어른들이 목표를 세우고 이겨야 하는 경쟁 사회에서 사는 모습을 그대로 답습하듯이. 이런 것들을 애들에게 물려준다면 우리 사회는 더없이 참담할 겁니다.

— 이종래, 아산

호주 시드니에서 왔습니다. 불교환경연대 회원입니다. 메일(전자 우편)로 계속 활동 소식을 접합니다. 열네 살, 열여섯 살 두 아이와 함께 오체투지 순례에 꼭 참여하고 싶어서 왔습니다. 우리 아이들에게 한국에 대한 체험, 인류 생명과 환경 운동의 중요성, 그렇게 인성을 키워 주고 싶어 오체투지에 참여했습니다. 호주에서 20년 동안 살다 보니 모국에 대한 애정이 많습니다. 그래도 아직 한국에 오면 여러 가지 아쉬운 점을 발견합니다. 우리나라 국회를 보면 마치 막장 드라마 한 편을 보는 듯합니다. 기본적인 민주주의가 실질적으로 진전이 더 돼야겠습니다.

— 임진삼, 호주 시드니

—

종일 비바람이 젖은 몸을 쳤습니다. 순례를 마친 뒤 밤에는 용산 철거민 참사 석 달을 맞아 희생자들과 그 가족에게 위로와 연대의 마음을 보내는 추모의 자리를 마련했습니다.

—

구경꾼들은 꼿꼿이 일어섰다 산산이 부서지듯 엎어지는 이 희한한 행렬이 궁금합니다. 당신들 지금 뭐하는 거요? 매 순간 뼈를 깎듯 분투하는 순례자들의 깊은 심중을 어찌 헤아릴까마는 아마 싸우고 있을 것입니다. 괴물이 돼 버린 인간 자신과의 싸움입니다. 자기 안의 모순과 나태와 불안을 이겨 내는 힘이 아니라면 불의는 반드시 되돌아와 우리를 괴롭히고 말 것입니다. 무례와 무도의 시절, 오체투지 순례자들이 사람의 길을 닦는 참 혁명을 위해 진땀을 흘립니다.

— 김인국 신부 〈세 순례자의 혁명〉 중

티베트에서 와서 서울 화계사 국제선원에서 한국어를 배우는 이스라엘 청년 랙댄스는 티베트에서는 혼자서 오체투지 하는데 여기서는 여럿이 함께 수행하니 더 좋다고 합니다. 모두가 더불어 청정한 마음으로 절을 할 때 모든 사람의 본성을 섬기는 소중한 시간이 다가오는 느낌이라고 합니다.

━

이명박 정부의 4대강 정비 사업, 경인운하, 국립공원 케이블카 설치 등
환경 파괴적 개발 정책에 대응하느라 눈코 뜰 새가 없는 환경 운동가들이
떼 지어 왔습니다. 녹색연합, 환경정의, 여성환경연대, 국립공원을지키
는시민의모임, 생태지평, 불교환경연대 활동가들이 순례에 참여해 지친
몸을 낮추었습니다. 환경정의 생명의물센터에서 일하는 심희선 활동가는
걱정합니다.

"사회적 소통 자체를 부정하며 이야기 자체를 하지 않으려는 이명
박 정부의 모습이 가장 큰 문제입니다. 강을 정비하면서 콘크리트
를 바르고 10년 후에 다시 복원합니다. 이미 다른 나라에서 반복한
일을 우리나라에서 또 반복합니다. 베트남 등 제삼 세계 활동가들
을 만난 적이 있는데, 그들의 나라에서도 우리나라에서 진행된 10
년 전 행위를 한다고 합니다."

충청남도와 경기도 경계선인 안성천교에 도착하니 삶의 터전을 미군 기지에 **빼앗기고** 고향에서 **쫓겨난** 대추리 주민과 쌍용자동차 정리 해고자, 그리고 평택에서 활동하는 시민 사회단체 분들이 시원한 화채와 환영 펼침막으로 순례단을 맞아 주었습니다. 쫓겨난 사람들, 그러나 당당한 사람들. 문정현 신부가 대추리 주민이 돼 그들과 함께 살 때 노랫말을 쓰고, 그곳에 함께 살았던 가수 조약골이 작곡해 노래한 〈평화가 무엇이냐〉가 어디선가 들리는 듯했습니다.

> 공장에서 쫓겨난 노동자가 원직복직하는 것이 평화
> 두꺼비 맹꽁이 도롱뇽이 서식처 잃지 않는 것이 평화
> 가고 싶은 곳을 장애인도 갈 수 있게 하는 것이 평화
> 이 땅을 일궈 온 농민들이 더 이상 빼앗기지 않는 것이 평화
> 성매매 성폭력 성차별도 더 이상 존재하지 않는 세상
> 군대와 전쟁이 없는 세상 신나게 노래 부르는 것이 평화
> 배고픔이 없는 세상 서러움이 없는 세상
> 쫓겨나지 않는 세상 군림하지 않는 세상
> 빼앗긴 자 힘없는 자 마주 보고 손을 잡자
> 새 세상이 다가온다 노래하며 춤을 추자

전 조계종 교육원장인 청화 스님이 《한겨레》에 〈눈부신 것의 승화를 위한 매질〉이라는 제목으로 오체투지 이야기를 써 주었습니다.

"지난 대선 때 국민은 정권 교체를 감행했습니다. 한나라당이라는 배에다 이명박을 선장으로 선택했습니다. 그러나 금방 후회했습니다. 선장이 배를 운전하는 솜씨나 배를 끌고 가는 방향이나 속도 조절이 맘에 들지 않았기 때문입니다. 많은 사람이 실의에 빠졌습니다. 눈부신 것을 우리 삶 속에 고귀하게 승화시키지 못한 과보입니다.
이런 때에 스님과 신부님이 함께 결행하는 오체투지는 무엇일까요. 더는 참을 수도 없고 묵과할 수도 없는 상황에서 세상을 향해 후려치는 매질입니다. 오체투지는 지금 마땅히 생각해야 할 것을 생각할 줄 모르는 돌이 된 머리, 마땅히 들어야 할 말을 들을 줄 모르는 돌이 된 귀, 마땅히 봐야 할 것을 볼 줄 모르는 돌이 된 눈, 그런 사람들을 깨어나라고 내려치는 매질입니다. 그리고 그 눈부신 것을 미래까지 가지고 갈 줄 모르고 낙화처럼 밟아 버린 사람들도 이제는 무엇을 잘못했는지 깨달으라고 함께 때립니다. 그러므로 현재 우리 사회에 위기와 절망을 자초한 책임이 있는 사람들은 이 매를 아프게 맞아야 합니다. 그래야 앞이 보이지 않는 지금의 현실 속에서 꽃핀 목련처럼 눈부신 것을 이뤄 내는 사람으로 다시 깨어날 것입니다."

—

태안반도 기름 유출 사고 때 자원봉사를 하고 '생명의 강 순례'와 '생명 평화 탁발 순례'에 참여하면서 생명 평화의 소중함을 새롭게 인식했습니다. 일상에서 자원 낭비를 줄이는 단순하고 소박한 삶이 생활 속의 생명 평화를 실천하는 길입니다. 오체투지를 해 보니 편안합니다. 나 자신이 대지와 수평을 이루며 땅과 한 호흡을 이룹니다. 그래서 몸은 힘들어도 마음은 편안합니다.

— 장경훈, 화성·오산생명평화포럼

—

노란 몸자보를 두른 순례자 200여 명이 찬바람 맞으며 순례합니다. 쉬는 시간이면 아이 어른 할 것 없이 환한 미소로 서로 바라봅니다. 순례단은 오늘 처음으로 식당에서 점심을 먹었습니다. 찬바람에 비가 올 듯 말 듯, 공터에서 먹기가 어려워 식당을 이용했습니다.

—

오늘 쉬는 시간엔 순례자에게 '희망'을 물어보았습니다.

- 안전하고, 평화롭고, 행복하게 사는 것. –장경훈
- 아름다운 세상을 건설하였으면. –김수경
- 사람이 사람답게, 사람이 희망이 되는 세상. –김주성
- 쌍용자동차 직원이 한 명도 정리 해고되지 않기를. –이호성
- 사람이 사람답게 사는 것. –이창근
- 파괴, 갈등, 차별 등이 사람, 생명, 평화의 가치로 변화하였으면. –이경민
- 먼저 나부터 변화하고 세상이 변화하기를. –이시희
- 우리 후손이 상식과 원칙이 통하는 세상에 살기를. –최문길
- 이 상태에서 더는 퇴보하지 않기를. 나부터 착하게 살기를 희망. –강대경
- 모두가 생명에 대한 겸손한 마음을 갖기를. –강중구
- 조금이나마 자신이 변하기를. –이인헌
- 자연 속에 자연스럽게 살기를. –홍성기
- 어떻게 살아야 하는가 답을 얻기를. –백준현
- 낮아지는 진실된 마음이 세상 사람에게 전달돼 세상이 변화하는 밑 거름이 되기를. –조영수
- 느림을 배우기를. –김행철
- 대운하 건설이 되지 않기를. –김형주
- 스스로 꾸준히 해 나갈 수 있는 힘을 키우고 사회가 변화하기를. –안병인
- 모든 사람이 희망을 가질 수 있도록 희망. –유영진

사랑짓는요십이는 천주교 전주교구 봉사 단체입니다. 2006년 여름에 회원 20여 명이 모여 창립해 지금은 40여 명이 활동합니다. 집 없는 어려운 사람들에게 여덟 채의 집을 지어 주었습니다. 우리 모두 한마음으로 자연처럼 순리대로 살아가자는 취지로 오늘 순례에 참여하게 됐습니다. 오체투지는 힘은 들지만 보람 있는 일입니다. 자신을 성찰하고, 사람에 대한 문제점을 느낄 수 있는 시간이기에 한번은 꼭 경험해 볼 일입니다.

— 박종구, 전주 사랑짓는요십이

오체투지를 해 보니 아무 생각도 나지 않아요. 가르치는 아이들이 주말에 순례단을 보았다고 해서 이런저런 이야기를 함께 나누었어요. 내가 직접 체험한 후 아이들에게 알려 주고 싶어서 참석했습니다. 어린이 부속품처럼 살아가는 사회에서는 아이들이 어른들의 각박한 사회를 닮아 갈 수밖에 없어 안타깝습니다.

— 한은주, 평택

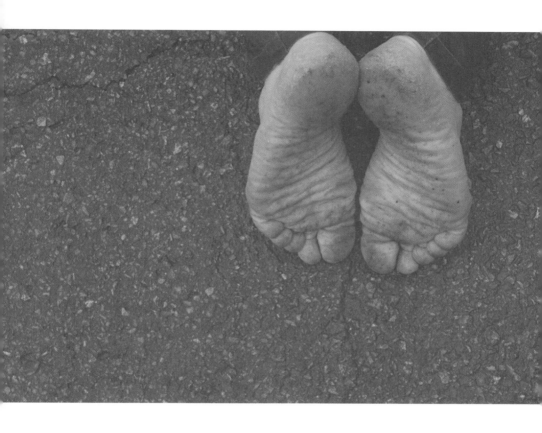

작년 1차 오체투지 진행팀으로 일했던 마웅저가 왔습니다. 현재 태국에서 일합니다. 한국 시민 단체들이 난민촌 8개 정도에 교육 공간을 지원하는데 그곳에서 통역 겸 코디로 일합니다. 난민촌이 대부분 산속이나 산 정상에 있는데 한국에선 이런 길에서도 오체투지를 했다는 기억이 났다고 합니다. 거기서 오체투지를 하면 어떨까 생각해 보았답니다.

> "미얀마 난민촌의 상황이 너무 열악해요. 난민촌은 먹는 게 힘들어요. 나도 난민이 돼 버립니다. 교육 공간도 문제고요. 지원 사업을 많이 해 줬으면 좋겠습니다. 오늘 순례에서는 미얀마의 평화와 함께 미얀마 난민들이 난민 지위에서 빨리 벗어나길 희망하는 기도를 했습니다."

—

한창 무더운 날씨, 송탄 지나는 길. 순례단 옆으로 초등학생 아이들이 지나갑니다. 징 소리 한 번 울리고, 몇 발자국 옮긴 순례자들이 철퍼덕 몸을 바닥에 던집니다. 그 모습을 보던 꼬맹이들이 외칩니다.

"어? 자빠지네!"

순례 대열에서 웃음이 흘러나옵니다. 순례자들이 바로 일어나지 않으니 꼬맹이들이 긴장해 말합니다.

"어? 자빠져 죽었네!!"

무덤 속에 죽은 시신마저 들썩이듯, 누운 순례자들이 웃음을 참지 못하고 들썩입니다. 밝은 날입니다.

—

오산 비행장 인근 1번 국도를 지났습니다. 잠깐 쉬는데, 하늘을 찢어 버릴 듯 굉음이 허공을 가르더니 비행기가 지나갑니다. 경기도 평택시 송탄동에 있는 오산 비행장은 주한 미군이 관할하는 공군 기지입니다. 태평양 지역 최대 공군 기지 중 하나입니다. 점심시간 내내 귀가 따갑도록 비행기 굉음을 듣고 헬기를 보았습니다. 지역 주민의 마음에 비행기 그림자와 굉음이 아니라 평화의 소리와 햇살이 퍼지기를 기원합니다.

—

아무 생각 없이 엎드리고 싶었고, 엎드리니 편안합니다. 냄새가 나서 힘들지만, 모두 서로 잘났다고 자신만 옳다는 생각이 지배하는 사회, 교육도 오로지 내 자식만 잘되기를 원하는 사회, 권력자들은 오로지 부의 축적을 원하는 사회에서, 스스로를 낮추는 이 일이 참 소중하고 힘이 됩니다.

— 강은숙, 안산

—

처음에는 긴장했지만, 엎드린 순간 감격스러웠습니다. 낮아지니까 좋습니다. 이 경험을 다른 사람과도 나누고 싶습니다. 이명박을 보면 내 안의 1등, 나만 잘살면 된다는 내 안의 욕망의 집합체라는 느낌이 듭니다. 우리 사회가 앞으로 성찰하지 않으면 제2, 제3의 이명박이 또 나올 것입니다. 점점 학벌 위주로 진행하는 교육으로 어린아이들이 좌절하게 되는 게 걱정스럽습니다.

— 김은정, 평등교육실현을위한안산학부모회

오늘 쉬는 시간에 순례자들에게 '노동의 의미와 가치'에 대해 물어보았습니다.

- 일이란 자연 질서를 창조하고 끊임없이 좋은 방향으로 향하게 하는데, 현재 노동자들의 노동은 마치 노예와 같다. −최광식
- 노동은 지겹지만 노동을 할 수 있다는 것은 살아 있음을 의미한다. −강은숙
- 영화 〈워낭소리〉가 생각난다. 할아버지께서 끊임없이 일하시는 모습을 보고 인간은 극단적 노동에서는 해방돼야 한다고 생각했다. −김은정
- 자본가들이 노동자들과 함께 나누며, 함께 살기를 바란다. −최지호
- 살아가는 자체가 노동의 연속. −이영란
- 노동은 우리를 살아 있게 하는 원동력. −조재현
- 요즈음 노동은 살아가기 위한 수단으로 가치가 전락됐다. 노동은 나를 즐겁게 하고 사람과 사회를 건강하게 해 주는 것이다. 인간에게 노동의 가치가 존중되는 사회가 되기를. −이승화

– 일하지 않으면 무료하다. 게으르면 사람은 망가지기 때문이다. 열심히 일도 하고 휴식도 취해야 한다. –박미숙

– 전에 해고당한 적이 있다. 그래서 노동에 대해 고민해 본 적이 있다. 사람은 일을 해야 먹고사는데, 몸을 움직이지 않고 불로 소득을 하는 사람들은 과연 행복한 것일까. 이런 사람들은 쾌락을 탐닉한다. 노동은 내가 살아 있는 것을 확인시켜 주는 작업이어야 한다. –장경훈

– 먹고살기 위해 발버둥을 치는 노동은 괴로움이며, 자신의 일에 긍지와 보람을 찾는 사람은 노동 자체가 삶이라고 생각한다. –최은희

– 내가 살아 있다는 것을 느끼게 해 주는 것. –김행철

—

오산 시내 순례 중에 도로에서 갑자기 편지 한 통과 후원금을 받았습니다. 2008년 광우병 촛불 시위 현장에서 차량으로 봉사했던 연제구 씨였습니다. 촛불 시위를 도왔다는 까닭으로 운전면허가 취소돼서 지금은 다른 일로 생계를 꾸린다고 합니다. 선한 이들이 탄압받지 않는 세상이기를 바랍니다.

—

순례 소식을 인터넷에서 보았습니다. 살아가면서 추구해야 할 참된 가치를 찾는 방법을 알고 싶어서 왔습니다. 순례 중에 큰아이한테서 문자가 왔습니다.

　"아빠, 집 떠나니 고생이지?"

　그 문자를 보면서 마음도 집이고 국가도 집이고 지구도 집이라는 생각이 들었습니다. 한반도 대운하 등을 추진하려는 정권은 공동의 집을 부수는 게 아닌가 해요. 물질을 쫓는 것이 결국 집을 부수고, 마음의 가치를 부수는 것이 아닌가 해요.

— 한광석, 고양

—

이주 노동자들은 실질임금 삭감, 노동권 제약으로 사실상 노예 노동을 합니다. 정부에서는 불법 거주를 문제 삼아 비인권적으로 대우합니다. 엊그제도 중국인 노동자 한 명이 자살했습니다. 우리는 노동하지 않으면 살수 없습니다. 하지만 노동이란 사람이 숨 쉬는 것처럼 해야 합니다. 노동은 기본적 권리이며 가장 큰 기도입니다.

— 장창원 목사, 오산노동문화센터

—

오늘은 부처님 오신 날입니다. 쉬는 시간에 순례자들에게 '부처님이 살아 계시면 이 시대에 무슨 말씀을 하실까요'라고 물어보았습니다.

- 밤에 몸을 씻는 것보다 네 마음을 먼저 씻어라. -신의주
- 말씀에 대한 열매, 즉 행복과 평화를 바라셨을 터인데 좀 허탈하셨을 것이다. 부처님은 다시 고뇌를 안고 처음 마음으로 돌아가 보리수 아래서 다시 수행하셨을 것이다. -나승구
- 나를 존경하고 받드는 만큼 가난한 사람, 고통받는 사람들에게 잘해 주라고 했을 것이고, 마음을 비우고 함께하라고 했을 것. -이영우
- 너의 집, 마음의 집, 지구를 파괴하지 말고 잘 지켜라. -한광석
- 참고 견뎌라. 곧 좋은 세상이 올 것이다. -노주홍
- 다 내려놓고 버려라. -김은배
- 욕심을 버리고 자연 순리에 순응하라. -최문길
- 배려하는 마음을 가져라. 하나를 가지려 하면 많은 사람이 불행하고, 하나를 베풀려고 하면 많은 사람이 행복하다. -이규관
- 현실 속에서 답을 찾아라. -최미혜
- 사람, 생명, 평화의 길을 가라. -이기훈
- 올바르고 참된 세상을 위해 올바르게 살고 거짓말하지 말라. -이만우

—

배려는 그 이전에 소통과 이해가 뒷받침돼야 합니다. 우리 사회는 사회적 약자에 대한 배려가 필요합니다. 그중 아이들, 청년들을 먼저 배려해야 합니다. 언젠가부터 타인의 고통에 무감각해졌습니다. 이런 점을 개선해야 한다고 생각해요. 순례 참여 첫날은 정말 어려웠지만 이제 갈수록 편해집니다. 여섯 번째 참가하는데, 때마다 다릅니다. 남은 길도 희로애락을 느끼면서 가고 싶습니다.

— 이경님, 대전

—

엎드리며 오체투지를 하다 보니 머릿속이 하얘집니다. 그런데 이게 가치 있는 것 같아요. 머릿속이 복잡하지 않고 단순 명료해집니다.

— 김준석, 고교 2학년 학생

—

어제와 오늘 오체투지를 하면서 저의 화두는 '내가 기어간다고 세상이 바뀌나'였습니다. 세상은 변함없는데 무리가 아닌지, 혹시 하느님의 영역을 넘보는 것이 아닌지. 어제는 비도 왔어요. 그런데 우비가 없으면 비가 오고, 우비를 가지고 오면 날씨가 맑아요. 이렇게 알 수 없는 것이 세상인 만큼 어떻게 세상을 즐기는가가 중요하다고 생각합니다. 이 이치를 알고 제가 얼굴이 환해졌습니다. 한순간, 한순간 내 할 일을 충실히 하는 게 내 할 일이 아닌가. 또 나약한 게 인간이라는 것을 알아가는 것만으로도 오체투지의 의미가 클 거라고 생각합니다.

— 나승구 신부

—

화성으로 가는 길부터 아파트 공사장, 도로 공사 현장이 유독 많습니다. 도로변 공터에 점심 자리를 폅니다. 도시락도 있고 김밥도 있고 비빔밥도 있습니다. 마치 소풍 나온 사람들 같습니다. 오체투지 순례는 느리고 고통스러운 듯하지만, 실제는 날마다 축제입니다.

—

어른들이 각자 본분을 잘했으면 좋겠어요. 서로 사랑하면서 사는 게 사람이 해야 할 일 같아요. 어른답게 말과 행동을 해 주셨으면 좋겠고, 부자들만이 사람이 아니라는 것을 아셨으면 좋겠어요.

— 남휘현, 남양주 산돌학교 학생

91일째입니다. 순례자가 점점 더 많아져 헤아리기 어렵습니다. 뒤에서는 길잡이 혜수 스님이 울리는 징 소리가 잘 들리지 않는다고 해서 징을 하나 더 마련해 대열 중간에 세우기로 했습니다. 언론과 에스앤에스SNS(소셜 네트워크 서비스)를 통해 오체투지의 메아리가 전 국토에 울려 퍼집니다. 아침에 출근하기 전에 오체투지를 하고 나간다는 사람들 소식이 들려옵니다. 생명과 평화를 기원하는 이 징 소리가 분단의 철조망을 넘어 저 북녘까지도 은은히 이어지기를 바랍니다. 순례단은 그 소리를 전하려 묘향산 상악단까지 가기로 했습니다. 좋은 소식이 들려오기를 소망합니다.

저는 용산 철거민 참사 당시 희생당한 고 이성수의 배우자 권명숙입니다.
용산 철거민 참사의 진실을 알리고 싶어 참여했습니다. 제 심정은 이루
말할 수 없습니다. 가슴이 터질 것 같고 찢어지는 것 같습니다. 정부가 진
실을 은폐하는 자체가 제 가슴을 도려내는 것입니다. 5조 원에 달하는 천
문학적인 투기 개발 이익을 위해 가난한 세입자들은 최소한의 생존권마
저 빼앗기고 쫓겨나야 했습니다. 더는 쫓겨 갈 곳이 없는 우리 말 좀 들어
달라는 호소의 망루를 지었습니다. 그러나 말은 들어주지 않고 정부는 몇
시간 만에 테러 진압 부대를 투입해 다섯 명의 철거민을 불타 죽게 했습
니다. 참사가 발생한 지 100일이 지났는데 이제는 유가족들까지 탄압합니
다. 살아남은 철거민들을 탄압하며 테러범, 폭도로 몰아요. 저희가 원하
는 건 다른 것이 아닙니다. 오직 진상 규명과 책임자를 문책하고 처벌하
라는 것이며, 구속자를 석방하기를 요구합니다. 이 사건이 아니었으면 우
리는 가난하지만 떳떳하게 일하며 편안하게 살았을 것입니다.

수원시 공군 비행장 삼거리를 지납니다. 비행기 소음이 끊이지 않습니다. 대열 곁으로는 씽씽 달리는 화물차 소리도 끊이지 않습니다. 전쟁터가 따로 없습니다. 최근 이 공군 비행장의 소음으로 생긴 피해 규모가 1조 원에 이른다는 연구 결과가 발표됐다고 합니다. 인근 주민에게 국가가 소음 피해를 배상해야 한다는 법원 판결도 나왔답니다. 환경권을 국민의 기본권으로 인정하는 추세가 늘어나길 기대합니다. 전쟁 무기를 끝없이 쌓고 늘리는 일이 없어도 좋을 평화로운 세계를 기원합니다.

요즈음은 마음 아픈 것투성이입니다. 사회 구조적인 문제로 세상은 잔인하고 험난해져 힘없는 사람들이 희생당해요. 이명박이 문제의 근본이라고 하지만, 사실 우리의 욕망이 만들어 낸 산물일 뿐입니다. 우리 모두의 그릇된 욕망이 사라지지 않는 한 어떤 대통령도 소용없습니다. 인권이란 자유, 평등, 평화, 연대, 박애 등 인간이 누려야 할 보편적 권리입니다. 이런 것만 지켜져도 좋은 세상이 됩니다. 적어도 힘없는 사람들이 차별받고 억압받지 않았으면 좋겠습니다. 오체투지 기도로 사람, 생명, 평화의 길이 열려 살 만한 세상이 되기를 희망합니다.

— 박진, 다산인권센터

지난해 오체투지 순례 동영상을 보고 눈물을 흘렸습니다. 개인적으로 특별한 경험이며, 동참하면 조금이나마 세상이 변화하지 않을까 하는 기대감에 왔습니다. 몸을 땅에 던지면 뜨거운데, 그러다가 그늘진 곳에 배가 닿으면 또 서늘합니다. 그래서 양지나 음지를 구분하지 않고 골고루 애정을 주어야겠다는 생각을 했습니다. 고등학교에서 아이들을 가르치기 때문에 그런 마음이 연상됩니다. 저희 학교는 실업계 공업 고등학교인데, 집안 환경이 열악한 학생이 인문계에 비해 많습니다. 학생들은 상대적 빈곤감, 무력감 등을 넘어 포기 상태에 빠지기도 합니다. 학생들이 자신의 꿈과 희망을 잃지 않게 이 땅을 껴안으며 가겠습니다.

— 장윤호, 과천

—

서울에 가까워 올수록 연일 순례 참가자들이 늘어나며 안전사고 등 신경 써야 할 게 많아졌습니다. 대열이 너무 길어져서 2열로 시작한 대열을 3열로 바꾸고서도 한 모둠으로는 도저히 진행이 안 돼 두 모둠으로 대열을 나눠 진행합니다. 영동고속도로 북수원 나들목 방면으로 가는 건널목 앞에서 만난 한 여성분은 순례단이 도착하고 나서 떠날 때까지 계속 울어 안타까웠습니다. 부디 그 마음에 평온과 평화가 깃들길 기원합니다.

—

남편이 중국 주재원이라 현재 중국 톈진에서 2년째 살아요. 잠시 한국에 왔다가 성직자분들께서 무슨 마음으로 저러실까, 나를 낮추는 것이 무엇일까 궁금했어요. 게다가 마음도 복잡해서 길 위에서 잡된 생각을 버리고 싶어서 왔습니다. 순례에 참여해 보니 마음이 편안해집니다. 햇볕도 따뜻하고, 이따금 그늘에 다다르는 것, 색다른 경험입니다.

— 고경이, 중국 톈진

―

자신이 대접받으려면 남을 존중해야 한다는 생각이 실종돼 요즈음은 부모, 형제까지 경쟁자로 생각하고 이기적 삶을 삽니다. 다른 사람을 잘 돌볼 수 있는 비전을 제시하지 못한 정부 탓도 큽니다. 내가 일하는 녹색병원에서는 봉사 활동을 강조합니다. 해 보면 사람이 많이 달라지기 때문입니다. 오체투지에 참여한 사람들이 변하면 우리 사회도 조금은 많이 달라지지 않을까 싶습니다. 남한테 사랑을 줄 때, 내가 남에게 도움이 될 때, 다른 누가 아닌 내가 진정한 사람의 길을 가게 되는 이치를 깨달았으면 좋겠습니다.

— 양길승, 녹색병원 원장

―

오체투지 순례단의 사람·생명·평화의 길이라는 주제에 마음으로만 동참하다 이제야 왔습니다. 오체투지는 온몸을 땅에 던지는 수행법으로 세상을 긍정적으로 보는 힘을 줍니다. 이 마음가짐에 실천행이 따른다면 세상을 바르게 이끌 수가 있습니다. 참 나를 찾으면 사람답게 삽니다. 부처님 말씀에 '심청정 국토청정心淸淨 國土淸淨'이라고, 내 마음이 먼저 청정해야 세상이 변합니다.

― 혜자 스님, 도선사 주지

―

100일째가 됐습니다. 거북이만큼이나 느린 걸음으로 지나온 길이 아득합니다. 의왕시를 거쳐 안양시로 접어들었습니다. 오후엔 대열이 한눈에 들어오지 않을 정도로 끝이 없습니다. 하루하루 새로운 참여자들이 있어 그간 날마다 새로운 하루였습니다. 고맙습니다.

—

오늘 대한민국 경찰청이 정부 시책에 반대하고 촛불 시위 등에 함께했다는 까닭으로 시민 사회단체 1,800여 곳을 불법 단체로 지정했습니다. 헌법에 보장된 정치, 사상, 양심과 표현의 자유, 집회와 시위, 결사의 자유를 짓밟는 반헌법적 폭거입니다.

—

평소 환경 운동, 민주화 운동을 한다고 했지만, 내가 정말 생명·평화 운동을 했는지 성찰하고 반성하고 싶었습니다. 우리나라는 개발 지상주의가 극대화해 환경과 더불어 산다는 인식이 부족합니다. 오로지 인간과 현세대만을 위한 개발과 성장으로 자연 파괴는 물론 우리 자신마저 파괴합니다. 사람이 자연의 일부임을 깨달아야 합니다. 인간 이외의 다른 것을 존중해야 하며 자본가와 특권층의 이익만을 추구하려는 협소한 시각을 버려야 할 때입니다.

— 유종준, 과천

—

아스팔트라는 도시 문명에 몸을 드리우니 여러 가지 생각이 교차합니다. 생명과 평화를 이야기하지만, 우리의 실제 삶은 너무나 도시화되어 삽니다. 요즘 우리 사회는 여전히 소통의 부재가 가장 큰 문제인데, 진정한 소통이란 무엇일까요? 대부분 자기 생각과 같아지기를 바라서 남의 생각을 읽지 못합니다. 소통하려면 옳고 그름을 따지기보다는 자신을 낮춰야 합니다. 그렇기에 오체투지는 소통하고자 하는 하나의 행위입니다. 사람, 생명, 평화의 길은 따로 있기보다는 계속해서 이러한 것을 물으면서 가는 길, 그 길 자체에 의미가 있겠지요.

— 김혜영, 용인 수지

—

과천 정부종합청사 앞에 도착했습니다. 사람과 공동체는 안중에도 없이 오직 자본과 이윤 논리가 지배하는 세상에 대한 성찰과 반성, 그리고 항상적인 전쟁 위기에 시달리는 분단 시대를 끝내고 '사람과 자연이 살 수 있는 나라, 평화가 온전히 함께하는 세상'을 위한 108배를 드렸습니다.

103일 차인 2009년 5월 16일, 과천 남태령 고개를 넘어 서울로 입성한 날입니다. 함께하고자 새벽부터 사람들이 끝없이 찾아와 순례단 끝이 안 보입니다. 관문체육공원 들머리에서 '서울 순례 맞이 행사'가 열렸습니다. 순례단 모두의 마음을 담아 다음 글을 남겼습니다.

"낮은 데서 느리게 기어가다 보니 작지만 경이로운 생명을 무수히 만납니다. 높은 데서 재빠르게 지나칠 때는 잘 안 보였는데, 낮고 누추한 자리마다 의연하고 늠름하게 살아 있습니다. 하루 십리 길을 천 번씩 엎드려 온몸을 땅과 마주하니 너와 나, 우리가 한 몸임을 깨닫습니다. '강은 내 피요, 산은 내 몸이니 네가 병들면 내가 아프다' 하는 생명 본연의 감각이야말로 이번 순례에서 우리가 대오각성한 열매입니다. 참회와 성찰의 길을 수많은 사람이 함께 이어 103일 만에 서울에 왔습니다.

그동안 신음은 더욱 커졌습니다. '저기 사람이 있다'라는 용산 철거민의 호소는 외면당하고 장례식조차 치르지 못했습니다. 생존권을 부르짖던 아버지는 공권력에 죽임당하고, 그 아들은 아버지를 죽인 '방화살인범'이 돼 감옥에 갇혔습니다. 이것이 오늘의 현실입니다.

우리에게 고통스러운 시간이 흐릅니다. 거짓 희망에 속지 말고 냉정하게 성찰해야 합니다. 조금만 기다려 주면 더 갖게 되고, 더 갖게 되면 다 좋아질 것처럼 말합니다. 그러나 우리는 가질수록 불안하고, 오를수록 위태롭고, 배울수록 무력하고, 이길수록 두려워지는 현실을 이미 경험했습니다. 문제는 경제가 아닙니다. 사람이 먼저입니다. 경제가 좋아질수록 오히려 자살률이 높아지는 등 사람들은 더 망가졌으며, 나누고 아끼며 어울려 사는 즐거움마저 사라졌습니다. 멀쩡한 목숨이 여섯이나 새까맣게 타 죽어도 눈길 한번 주지 않습니다.

세상이 잔인해지고 인간성이 무너진 이유는, 정치 권력이나 자본 권력은 말할 것도 없이 국민 전체가 물신이라는 지독한 우상 숭배에 빠졌기 때문입니다. 국민에게 봉사해야 할 관료는 정권과 자본 독재의 종이 됐습니다. 그들은 맘대로 고용하고 멋대로 해고하는 일을 국가 경쟁력 강화를 위한 국정 최우선의 과제로 여깁니다. 사람들을 마치 폐건전지 다루듯 하자는 것입니다.

이런 마음씨는 어른이나 아이나 별다르지 않습니다. 자기보다 가난하고 약한 존재를 함부로 여기고 무시해 노동 유연성의 이름으로 왕따의 이름으로 괴롭힙니다. 그래도 경쟁에서 이기면 살아남는 것 아니냐고 하겠지만, 지금 우리는 어리석은 공멸의 길로 질주합니다.

정부는 갖은 혜택은 극소수 특권층에 집중시키고 언론 장악에 몰두하며, 모든 책임과 고통을 대다수 약자에게 전가해 공생 공존·생명 평화의 원칙을 외면합니다. 종교 갈등을 더욱 부추길 뿐만 아니라, 교육 문제부터 남북 문제까지 우리 사회의 중심 문제가 하나같이 교착 상태에 빠진 이유가 바로 여기에 있습니다. 특히 남북 문제는 어느 한 정권만의 일이 아니라 신뢰와 연속성의 중차대한 민족의 사명입니다. 지금처럼 위기의 민족 대결 구도는 참으로 위험천만한 발상입니다. 한반도 전체의 운명이 걸린 일이니, 민족 공동 번영의 길이 아니라면 그 어떤 것도 준엄한 역사적 심판을 받을 것입니다.

생명 자체를 성찰하지 않으면 그 어떤 묘수도 해결책이 될 수 없습니다. 낮고 느리게 움직이는 생명을 경시하는 한 우리 사회의 불행과 탄식은 점점 깊어만 갈 것입니다. 이런 통찰은 먼저 나부터 시작할 문제이지 남 탓으로 돌려서 될 일이 아니며, 동시에 정치·사회적 책임이 큰 이들이 우선 더 많이 떠맡아야 할 몫입니다. 한 사람이라도 자기 본분으로 돌아가서 조금만 덜 욕심내고 조금만 남을 배려해도 우리 세상은 말할 수 없이 환해지고 따뜻해질 것입니다.

생명과 평화, 사람의 길을 위한 기도는 서울을 지나 임진각 망배단, 그리고 묘향산 상악단까지 이어질 것입니다. 살려는 의욕을 잃고 신음하는 사람, 힘없어 상처받는 생명과 평화를 바라는 모든 이웃에게 경배하며, 그동안 함께해 주시고 또 끝까지 함께해 주실 국민 여러분께 감사의 큰절을 올립니다. 고맙고도 고맙습니다."

2003년 새만금 갯벌 살리기와 이라크 전쟁에 반대하는 삼보일배 때도 이 곳을 넘었습니다. 당시 이곳 남태령 고갯길에서 쓰러져 병원으로 실려 갔던 수경 스님과 문규현 신부가 다시 2009년 오체투지로 남태령을 넘어 갑니다. 그때처럼 묵언수행 중인 수경 스님과 문규현 신부의 심정이 어 떨까요. 피곤한 몸과 정신을 꼿꼿이 세워 수경 스님이 2009년 5월 18일 《법보신문》에 자신의 심경을 남겼습니다. 우리 순례자들 심정이 그와 같 았습니다.

오체투지, 세상에 대한 감사 기도
– 순례길에서 부친 수경 스님 편지

'허공'이라 하지만 하늘과 땅 사이입니다. 온 생명이 거기에 깃들 어 삽니다. 대지의 품에 안겨 보니, 아스팔트 틈새 작은 풀이 우뚝 한 나무처럼 보입니다. 몸을 세워 허공을 보니, 키 큰 나무도 풀싹 처럼 보입니다. '인간은 만물의 영장'이라는 말. 함부로 할 말이 못 됩니다.

중생! 하늘과 땅 사이에 있는 생명의 무리. 하늘과 땅의 은덕으로 살아갑니다. 하늘과 땅의 조화 속을 벗어나면 아무것도 아닙니다. 중생, 온 생명, 만물. 하늘과 땅 사이에 존재하는 모든 것들은 하 나입니다. 기는 놈, 걷는 놈, 나는 놈. 모두가 하나입니다. 더 나은 존재도, 모자란 존재도 없습니다. 한 티끌이 우주라 했습니다. 홍진으로 가득한 이 세상이 그대로 화엄입니다.

　이리하여 내 오체투지는 온몸 온 마음으로 화엄을 읽고 베껴 쓰는 일입니다.

하늘이 숨을 내쉽니다. 대지가 하늘의 숨을 받아 마십니다. 바람이 붑니다. 햇살이 반짝입니다. 구름이 일고 비가 내립니다. 그 묘용 속에 내가 살아갑니다. 이리하여 내 오체투지는 세상에 감사하는 기도입니다.

자본주의가 득세한 이 세상은 '탐욕과 분노와 어리석음'을 자양분으로 굴러갑니다. 한국 사회의 현 상황은 더욱 그렇습니다. 정치 권력은 대량 소비를 전제한 거대 기업과 불로 소득에 기초한 기득권층의 이익에 봉사함으로써 그들과 함께 포식자의 위치에 서 있습니다. 그들은 그것을 경쟁이라고 말하며 탐욕을 부추깁니다. 사람다운 삶, 함께하는 삶을 위한 공분은, 나도 악착같이 벌어서 저들처럼 떵떵거리며 살아야지 하는 생각으로 뒤집힙니다. 국민 모두를 부자 만들어 주겠다는, 품위라고는 찾아볼 데 없는 말에 넘어갈 수밖에 없는 어리석음을 우리 스스로 준비한 것입니다. 그것이 지금의 한국을 있게 한 필연입니다.

물론 나는 아니라고 자신 있게 말할 사람도 있겠습니다만 큰 의미는 없습니다. 이 사회의 구성원으로 산다는 것은 다수의 의견에 따르겠다는 합의를 전제합니다. 부끄럽지만 인정할 수밖에 없는 '공업'입니다. 이것을 인정하는 것도 용기입니다. 하지만 진정한 용기는, 누구 탓 말고 우리 사회의 구성원 한 사람 한 사람이 자신의 허물을 돌아보면서 사람다운 '사람의 길'을 찾아가는 것이 아닐까 합니다.

다만 우리는 폭력을 인정하지 않는 것으로, 사람과 생명과 평화의 길을 찾아가는 것으로 탐욕과 분노와 어리석음으로 무장한 야만적 문명의 자장에 휩쓸리지 않고자 합니다. 이 기회에 우리는 인간관계에서 아무리 선량한 사람도 자연에 폭력적일 수밖에 없는 존재라는 사실도 깨달았으면 좋겠습니다. 목숨을 부지한다는 자체가 다른 목숨에 빚지는 일입니다. 허물없는 인간은 없습니다. 현 정부도 마찬가집니다.

낮아지고 낮아져서 더는 낮아질 데가 없을 때, 높고 낮음은 의미가 없습니다. 상대적 가치는 미망의 경계일 뿐입니다. 일찍이 선불교의 큰 어른이신 임제 스님은 일체의 차별이 무너진 경지를 체득한 사람을 '무위진인無位眞人'이라 했습니다. 어느 자리에도 놓이지 않는 참사람이라는 말이겠지요. 그야말로 자유인입니다. 그런

경지의 언저리에도 미치지 못한 사람이지만 감히 말씀드리건대, 인간이라면 누구나 꿈꾸는 궁극의 행복이 바로 그것이 아닐까 합니다. 그래서 저는 한없이 모자라는 자신을 비춰 보고 또 비춰 보며 오체투지를 합니다. '무위진인'이 한마디에 '사람의 길, 생명의 길, 평화의 길'이 다 들어 있다고 믿습니다.

능엄경에 이르기를 "스스로 제도하지 못하고서 먼저 다른 사람을 제도하고자 하는 것이 보살의 발심이요, 스스로 원만히 깨닫고서 다른 사람을 깨닫게 하는 것이 여래가 세상에 응하는 방식自未得度 先度人者 菩薩發心 自覺已圓 能覺他者 如來應世"이라 했습니다. 어찌 함부로 보살의 발심을 운위하겠습니까만, 남을 제도하기에는 한없이 모자란다는 것을 잘 알기에 기어서라도 우리 모두가 자신을 바로 보는 성찰의 장을 열고자 이 길을 갑니다.

출가한 중을 비구比丘라 하는데, 그 뜻을 한자로 새기면 걸사乞士입니다. 거렁뱅이를 자처한 사람이 바로 중입니다. 중은 얻어먹는 행위로 세상과 만납니다. (중이 아니더라도 세상 모든 종교의 성직자들이 다 그렇겠지요.) 중의 이러한 행위 가운데 대표적인 것이 탁발입니다. 탁발의 의미를 가장 잘 표현한 절집의 말이 화연化緣입니다. 인연 맺기라는 말이지요. 부처님이 보신 진리, 세계의 본질과 사물의 존재 방식인 공空과 연기緣起를 깨닫는 인연을 만드는 일입니다. 그러나 존재하는 모든 것은 '나'라고 할 실체가 없다는 것을 체득하기란 쉬운 일이 아닙니다. 그렇다면 이 말을, 나는 나 아닌 것들에서 비롯됐다는 말로 바꾸어 봅시다. 너는 나이고 나는 너라는 말입니다.

오체투지를 하면서 도회지의 찻길을 지날수록 화연의 의미가 더 크게 다가옵니다. 원하는 바는 아니지만, 우리의 느린 행보는 차량의 정체를 유발하기도 합니다. 한시가 바쁜 사람들의 시간을 탁발하는 셈입니다. 참으로 미안하고 난감한 일입니다. 그런 한편으론 이 순간의 불편이 속도와 경쟁의 무모함을 성찰하는 작은 계기라도 됐으면 하는 바람도 간절합니다. 이것 또한 욕심이겠지요. 이런 마음조차도 다 내려놓아야지 하면서도 잘 되지 않습니다. 그래서 오체투지는 저 스스로 내리는 장군죽비입니다.

요즘 우리네 살림살이는 사람의 길, 생명의 길, 평화의 길과 점점 멀어집니다. 한 예로 현 정부 들어서 초등학교조차도 무한 경쟁의 장으로 내몰리는데, 그렇게 해서 학력이 신장된다 칩시다. 그래서 우리가 얻는 것은 무엇이고 잃는 것은 무엇일까요. 지난 십수 년간 적어도 초등학교에서는 성적으로 줄을 세우지는 않았습니다. 나는 공부 못하는 아이야, 나는 열등생이야, 하고 스스로 낙인찍지는 않았습니다. 왜 우리는 아이들에게조차 살벌한 경쟁을 요구하는 막다른 골목으로 치달을까요. 어차피 1등은 둘이 있을 수 없습니다. 2등과 꼴찌가 없으면 1등도 없습니다. 강자와 약자, 부자와 가난한 사람, 성인과 범인이 함께 사는 곳이 세상입니다. 그런데 지금 우리 사회의 모양새는 어떻습니까.

약자에 대한 배려가 가진 자의 의무가 되지 못할 때, 선한 사람들의 양보와 희생이 미덕이 아니라 손해 보는 짓이 되고 말 때, 한국 사회의 미래는 야만 그 자체일 것입니다.

물이 낮은 데로 흐르듯 바위와 벼랑에 막히면 돌아 흐르듯, 우리는 그렇게 오체투지를 할 것입니다. 순리와 상식이 통하는 세상을 위해, 폭력적 국가 권력과 냉혈 자본주의에 대한 분노를 나를 바로 세우는 자성의 거름으로 삼겠습니다.

땅이 씨앗을 가리지 않고 싹을 틔우듯이 우리의 마음자리를 공생의 터전으로 바꾸면 관용과 배려, 양보와 감사가 손을 맞잡을 것입니다. 오체투지를 하는 우리의 마음자리엔 이미 폭력적 국가 권력이나 약자의 눈물을 탐하는 기득권자는 없습니다. 우리가 가는 길은 사람과 생명과 평화의 길이기 때문입니다.

사람이 사람답게 살려면 첫째, 다른 사람을 해쳐서는 안 됩니다. 다른 생명도 내 생명과 같이 소중하기 때문입니다. 두 번째, 남의 재산을 훔쳐서는 안 됩니다. 남의 재산도 내 재산과 같이 소중하기 때문입니다. 셋째, 남을 괴롭혀서는 안 됩니다. 남도 나와 같이 소중하기 때문입니다. 넷째, 다른 사람을 속여서는 안 됩니다. 진실하게 살아야 하기 때문입니다.

이래야 하지만 사람이기 때문에 이러지 못하는 것이 현실입니다. 그렇기에 스스로 뉘우치고 돌아와야 합니다. 하지만 스스로 돌아오지 못하면 옆에서 말해야 합니다. 안 된다고. 그리고 그런 말을 알아듣는 것이 소통입니다. 사람답게 가는 길을 가지 않는 것. 국민 다수가 원하고 말하는 것을 알아듣지 못하고 현 정부는 홀로 계속 갑니다.

어진 부모는 스스로 자기 종아리에 채찍질해서 아이를 교육하듯이, 세 분 성직자의 기도 순례는 백성의 아픔을 참회하고자 스스로 자기 종아리를 때리며 참회하는 순례이며, 이 나라 지도자들의 죄를 대신 지고 가는 순례입니다. 비록 정치가 소수를 위한 정치이고 아무런 감흥을 주지 않지만, 우리 스스로 알게 모르게 가해자이며, 모두를 위한 정치를 만들지 못한 것에 스스로 참회해야 합니다.

— 법륜 스님, 정토회

—

오늘 출발지인 사당역에 수많은 경찰 차량이 와 있습니다. 서울 도착 인사가 참 고약합니다. 순례 내내 경찰 관계자들이 따라오면서 우리의 순례가 일반 교통 방해죄 중 차량 통행을 방해한 행위라고 끝없이 이야기합니다. 로버트 프로스트의 시 〈가지 않은 길〉을 마음속으로 되뇌며 묵묵히 갑니다.

먼먼 훗날 어디에선가
나는 한숨 쉬며 이렇게 말하리.
숲속에 두 갈래 길이 있었다고. 그리고 나는…
사람들이 덜 지나간 길을 택했고,
그래서 모든 것이 달라졌다고.

—

오늘은 용산 철거민 참사 분향소에 들러 108배를 했습니다. 참사 5개월
이 지나도록 진상 규명도 책임자 처벌도 명예 회복도 이루어지지 않아 다
섯 명의 희생자를 순천향병원 영안실 냉동고에 모신 채 유가족과 동료 철
거민들, 그리고 시민들이 함께 현장을 지키는 곳입니다. 쉬는 시간, 순례
자들에게 '용산 참사를 어떻게 생각하는지' 물어보았습니다.

- 우리가 관심을 가지지 않으면 안 된다. 그것은 나의 미래이고 우리
  의 미래이기 때문이다. -하승우
- 용산 참사는 토건업자, 재벌, 부실한 행정 관리, 자본주의 시장경제
  등의 총체적이고 복합적인 문제이다. 가진 자를 위한 개발이며 탐
  욕적 발상이다. 만일 이익을 나눌 생각이 있다면 그러한 참사가 일
  어나지 않는다. 하지만 제일 큰 죄는 우리의 무관심이다. -정동수
- 요즈음은 용산 참사가 아니라 용산 학살이라는 말을 쓴다. 용산 학
  살의 문제는 결국 폭력에서 온 것이다. 비뚤어진 폭력적 습관이 극
  대화한 것이 용산 학살이다. -최광수
- 마음이 아프고 안타깝다. 피해자가 결국 가해자가 됐다. 유가족의
  마음을 잘 보듬었으면 좋겠다. 잊혀 가서 슬픈데 오체투지를 하면
  서 주변을 지나니 조금이나마 부채가 덜어지는 것 같다. -박효진
- '미안하다'는 막연한 감정이다. 사실 무관심했다. 그동안 내 문제에
  만 급급했는데, 오체투지를 하면서 결국 나도 책임이 있다는 것을
  알았다. -이현아

- 독재 정권의 시절로 돌아간 것 같다. 우리가 풀어야 할 숙제이다.
  -정수진

- 참사가 아닌 학살 만행이다. 약 4조 1,000억 정도의 이익이 난다고 한다. 그중 0.1퍼센트만 나눠 줘도 충분히 보상이 가능하다. 자본주의의 그릇된 부자들을 퇴출시키고 용산 문제를 철저히 규명해야 한다.-최문길

- 남의 일이라 무관심했다. 하지만 현장을 가 보았고, 책도 보고 여러 정보를 접하면서 많이 반성했다. 오로지 내 부모, 친척, 지인의 일이 아니라고 간과해서는 안 되는 일이다. 그분들과 함께하기를 빈다.-오현철

1987년 6월 항쟁 등 한국 사회 민주화 운동의 성지였던 명동성당과 조계사를 거치는 순례길. 오늘 따라 비가 참 많이 왔습니다. 덕분에 도로에 흐르는 빗물에 비친 또 다른 나를 발견하며, 고인 물에 몸을 맡기며 절을 합니다. 맨발로 순례길에 참여하는 사람이 많았습니다. 그런 비에도 아랑곳없이 아침부터 1,000여 명에 이르는 사람이 북적였습니다. 희망을 상징하는 노란 비옷으로 단단히 무장한 젊은 청년 학생들이 나와 주었습니다.

사람은 세 가지와 사이가 좋아야 합니다. 하늘, 땅, 사람입니다. 그런데 그게 어렵습니다. 천·지·인의 관계가 좋은 사람은 평생 행복하고, 반대로 아닌 사람은 쩨쩨하고 별 볼 일 없이 살아갑니다. 사랑과 자비가 사람이 걸어야 할 길입니다.

너나 나나 빈손으로 왔다 갑니다. 빼앗지 말고 도움을 주고 살아야 하는데 우리나라가 망조가 들었습니다. 새만금 갯벌에서는 떼돈 번 사람이 없었고 갯벌은 어부에게 일터이자 놀이터였습니다. 꼭 그렇게만 살고 싶었습니다. 그런데 외지 사람들이 그것마저 빼앗았습니다. 어부들이 안 된다고 했지만, 양복 입은 사람들이 '하자 없음'이라고 했습니다. 갯벌의 엄청난 생명이 말라 죽었습니다. 이런 일은 아무에게도 좋은 일이 아니며 사랑이 아닙니다.

우리의 일상이 전쟁터가 되고 말았습니다. 가난한 사람들의 말 '우리 이거 아니면 죽습니다'라고 합니다. 그런데 그것마저 빼앗았습니다. 아주 나쁜 사람들입니다. 세상에 나뿐이라고 살아가는 사람은 나쁜 사람입니다. 평택 대추리에서도 '이거 아니면 죽어요' 서울 용산에서도 '여기서 쫓겨나면 우리 망해요'라고 외쳤습니다. 하느님은 '푸르른 동산 다 가져도 좋으니 내 목숨만 남겨 다오'라고 했습니다. 그런데 못된 인간들이 목숨마저 빼앗아 갔습니다.

우리 사는 세상이 지옥이 되고 말았습니다. 그래서 순례자 오체투지가 시작됐습니다. 한 걸음 한 걸음이 시퍼런 작두 같았습니다. 순례자 덕분에 우리는 겨우 숨을 쉴 수 있었습니다. 힘, 돈 있는 사람은 기도하지 않습니다. 무력한 자의 간절한, 정의를 위한 기도가 하늘을 진동시킵니다. 가진 것이 없는 자의 기도는 반드시 땅 위에서 이루어집니다.

— 김인국 신부, 명동성당 시국 미사 강론 중

한국 불교의 총본산인 대한불교 조계종 조계사 대웅전 앞에서 시국 법회가 열렸습니다. 용산 참사, 대운하 추진, 비정규직 확대, 방송법 개악 추진, 공교육 약화 등 생명 경시·민주주의 후퇴·환경 파괴·양극화로 치닫는 이명박 정부와 우리 사회를 뒤돌아보는 자리였습니다. 참회와 성찰, 변화를 통해 생명 평화의 사회로 나아가기 위한 공명 마당으로 진행됐습니다. 불교방송 '행복한 미소'의 진행자 성전 스님의 진행과 실천승가회 사무처장인 효진 스님의 집전으로 시작된 시국 법회에서는 순례단 소개와 화계사 합창단의 맞이 공연, 그리고 뒤를 이어 정토회 지도법사 법륜 스님과 민주사회를 위한 변호사모임 대표인 백승헌 변호사, 그리고 청화 스님의 시국 법어 등이 이어졌습니다.

오체투지는 이 시대를 함께 살아가는 공업 중생으로서 우리 모두가, 왜 우리 스스로 우리의 삶을 이토록 황폐화시켰는지를 성찰해 보자는 것입니다. 지금 우리 사회의 문제는 경제의 문제를 넘어 정치의 문제이기에 정치권과 기득권층이 진솔한 몸짓으로 국민의 삶 속으로 들어와야 하며, 약자에 대한 배려는 기득권자의 도덕적 의무가 되어야 하고, 그것이 모두가 사는 화합의 길이고 공생의 길이 되어야 한다는 것입니다. 대통령에게, 어려운 요구가 아니라 그저 따뜻한 손길과 눈물로 국민을 어루만져 주기를 바라며, 용산 참사의 해법도 바로 그것이라며 생명과 평화의 가치가 지켜지는 정치가 필요하다고 말합니다. 불살생을 제일의 계율로 세운 종교에서 '살불살조殺佛殺祖(부처를 만나면 부처를 죽이고, 조사를 만나면 조사를 죽여라)'를 말하는 건, 생명 본연의 자유를 구속하는 어떤 권위도 인정하지 않겠다는 의지의 표명입니다. 최고 권력자라 할지라도 허물이 있으면 꾸짖어야 합니다. 국민의 탐욕과 분노와 어리석음에 대해서도 그렇게 돌이켜야 합니다.

— 현각 스님, 〈조계사 시국 법회 호소문〉 중

오체투지는 사회를 향해 하는 말씀입니다. 사람, 생명, 평화의 길은 우리가 잘못된 길을 각성하고 새로운 출발점을 긋는 길입니다. 모든 사물은 진실만을 이야기하며, 부처님은 할 말 안 할 말을 구분하고 유익하지 않은 말은 하지 않았지만, 정치하는 사람들은 거짓말로 도배하고 있습니다.

대답하라고
대답하라고
오체투지는
이마와 두 손과
두 발로 묻고 있다

지금 누군가 들고 있는 안장 앞에
왜 숲은 달리는 말이 되어야 하고
지금 어떤 사람이 벌리고 있는 말 없는 주머니를 만나
왜 강들은 모두 돈이 되어야 하느냐고

가난해도
한 방울 흘리지 않고
머리에 고이 이고 온 물
그 물동이 마구 흔들려

출렁출렁 물방울이 튀기는 오늘

이미 새소리 끊어진 숲에는
왜 머루 넝쿨이 누렇게 시들며
고기가 사라진 그 강에는
왜 검은 안개가 자욱하냐고

말해 보라고
말해 보라고
오체투지는
땅에 떨어진 것들을 낱낱이 보며
온몸으로 묻고 있다

저 징그러운 탐욕들에 의해
풀도 나무도
흙도 바위도
다 무엇이 된다면
그다음
사람은 사람은
무엇이 되겠느냐고

— 청화 스님, 시국 법어 〈오체투지〉 중

110일 차인 5월 23일. 안타까운 소식이 들려왔습니다. 노무현 전 대통령의 순명 소식이었습니다. 순례단은 '노무현 전 대통령의 서거에 깊은 애도를 표하며, 삼가 고인의 명복을 빕니다'라는 뜻을 전하며 예정된 순례를 쉬기로 했습니다.

힘겹게 다시 시작한 오전 순례가 불광역을 지나 마무리되고, 오후 순례가 시작됐습니다. 그사이 도로는 달구어진 불판으로 변했습니다. 이 불판에 몸을 내려놓아야 할 오후 순례길이 걱정됩니다. 그러나 순례는 멈추지 않습니다. 야만의 시대를 넘어 우리 아이들이 살아갈 세상에서는 '약자에 대한 배려, 노동이 즐거운 세상, 거짓 없는 세상, 상식과 원칙이 통하는 세상, 부정부패 없는 세상, 최소한의 인권이 인정되는 세상, 살고 싶어서 죽음을 택하지 않아도 되는 세상, 서민들이 잘살 수 있는 세상, 어른이 아이를, 힘 있는 자가 힘없는 자를, 부자가 가난한 자를, 인간이 세상을 모시는 세상, 의심이나 꼼수가 없는 세상'이 현실이 되기를 바랄 뿐입니다.

114일 차. 서울 서대문구 홍은동에서 시작해 경기 파주시 문산읍 임진각에 이르는 '통일로' 시작 지점에 도착했습니다. 남과 북이 하나로 통일되기를 바라는 마음으로 1972년 완성된 도로입니다. 1961년 4월 서울운동장에서 개최된 4·19 1주년 기념 통일 촉진 궐기 대회에서 당시 학생 대표였던 이수병은 "가자 북으로! 오라 남으로! 만나자 판문점에서! 이 땅이 뉘 땅인데 오도 가도 못 하느냐"고 외쳤습니다. 그 외침이 죄가 되어 이수병 선생은 바로 이어진 5·16군사 쿠데타 후 혁명 재판에서 15년 형을 선고받고 7년간 복역했습니다. 그 꿈을 포기하지 않았다는 빌미로 이수병 선생은 1975년 4월 8일 조작 사건이었던 인혁당 사건으로 수감당한 후 사형당했습니다. 2007년 대한민국 법원은 재심을 통해 이수병 선생과, 당시 함께 희생된 분들에게 국가를 대신해서 사과하고, 무죄를 선고했습니다. 1961년 이수병 선생이 외쳤던 "가자 북으로! 오라 남으로! 만나자 판문점에서!"는 한국 사회의 오랜 염원이자 과제가 됐습니다. 30여 년이 지난 1980년대 말, 청년 학생들이 이곳 통일로 앞에 모여 이 구호를 외치다 끌려가기도 했습니다. 그 모든 역사를 기억하며 오늘은 오체투지 순례단이 통일로를 함께 갑니다.

순례에 함께하는 문규현 신부는 분단 45년째였던 1989년 8월 15일, 분단 이후 민간인으로서는 처음으로 판문점을 걸어서 넘었습니다. 분단의 장벽을 깨려 북에 갔던 임수경 학생을 보호해 함께 넘어오는 길이었습니다. 그 일로 긴 옥고를 치러야 했지만 후회하지 않았습니다. 통일로로 접어드는 심정이 남다른 문규현 신부가 《프레시안》에 기고한 글입니다.

"남북 간 대결과 긴장이 극단으로 치닫는 어둡고 슬픈 현실 속에 여기 통일로에 엎드립니다. 우리 사회와 한반도가 앓는 '반인간, 반생명, 반평화'라는 이 병이 얼마나 중하고 깊으며 얼마나 막다른 골목에 와 있는지, 충격적이고 비극적인 사건이 연이어 증언합니다. 그렇기에 오체투지 순례가 거의 마무리돼 가는 지금, 자갈밭을 끌어안고 가시밭길 위를 뒹구는 듯 그 어느 때보다도 아프고 고통스럽습니다.

분단 이후 민간인으로선 처음으로 판문점을 넘어선 지 20주년 됐습니다. 참으로 무모하고 어리석게만 보이던 몸짓이었습니다. 그러나 많은 이에게 냉전과 분단은 허물어질 수 있음을, 녹이고 또 녹이면 녹지 않을 장벽도 쇠붙이도 없음을 확신시켜 주기도 했습니다. 그 뒤 지난 20여 년 동안 수많은 사람이 오체투지 하듯 판문점과 남북을 오가며 소통의 길을 만들고 공존의 방식을 구해 왔습니다. 김대중 대통령이, 노무현 대통령이 남북 정상 회담을 하고 6·15와 10·4 공동 선언문을 발표하는 역사적 순간엔 참으로 가슴

벅찼습니다. 남북 화해와 상생의 통일로가 활짝 열리고 닦이는 시대를 지켜보며 평생 소망이 이뤄지는 듯 기쁘고 감사했습니다.

노고단에서 이곳 통일로에 이르기까지 가을과 겨울, 봄과 여름, 사계절을 만나고 보냈습니다. 말 그대로 풍찬노숙 여정이었습니다. 어느 경우에도 순리를 거스를 수 없었습니다. 비 내리면 비 내리는 대로, 바람 불면 바람 부는 대로, 땡볕이 쏟아지면 쏟아지는 대로, 계절이 바뀌면 바뀌는 대로 우리 자신을 맡겨야 했습니다. 우리가 할 수 있는 건 지혜를 찾고 도리를 구하며, 인내하고 포기하지 않는 마음을 키워 가는 것 그뿐이었습니다. 가야 할 길을 가고 진리를 구하며 희망을 키워 가는 것 그뿐이었습니다.

남북 민족이 가야 할 길도 그렇습니다. 갈라진 민족은 자꾸 만나야 하고 막힌 곳은 푸는 게 순리입니다. 대결은 약화시키고 갈등은 다스리며, 공존 상생하는 길을 구하는 게 순리입니다. 대립과 분열은 남북 누구에게든 정치적으로뿐만 아니라 경제적 타산으로도 결코 이익이 될 수 없습니다. 한 걸음 한 걸음, 한 배 한 배 정성을 다하며, 뚝뚝 떨어지는 땀 한 방울에조차 민족이 화해하고 하나 되는 염원을 담아 이 길 위에 섭니다. 1989년 판문점에 섰던 그날 그 순간처럼, 다시금 온 정성과 온 마음으로 이 통일의 길, 민족의 길, 화해의 길에 엎드립니다.

억압과 독선, 파괴와 불통의 정치가 이 사회와 한반도를 시커멓게 뒤덮은 절망의 시간이기에 우리는 더욱 간절하게 기도합니다. 수

많은 까치 까마귀들이 자신을 희생하고 봉헌하여 만든 오작교 위에서 견우직녀가 만나듯이, 우리 기도 순례자들 또한 감히 이 시대 민족의 화해와 평화의 오작교 되기를 자청합니다. 물 한 방울한 방울이 수없이 떨어지기를 반복하면 바위도 뚫습니다. 실개천이 모이고 모이면 장강대하를 이룹니다. 소수로는 통일의 오작교를 세울 수 없습니다. 마음을 모으고 모으면 우리도 견우직녀 오작교처럼 아름답고 위대한 전설을 이뤄 낼 수 있습니다.

남북 위정자들이 진심으로 가슴을 열고 서로 존중하며 자신을 조금씩만 낮추어 그 길을 찾고 지켜 가도록 기도합니다. 남북 관계에도, 북을 대하고 남을 대하는 우리 모두의 마음에도 사랑과 자비의 기운이 가득 채워지기를 기도합니다. 우리 마음속 불신과 냉담부터 내려놓기를, 마음속 장벽과 미움부터 비우기를, 그 자리에 민족적 신뢰와 우정이 튼튼하게 뿌리내리기를 기도합니다. 더불어 살고 함께 희망을 일구고자 하는 민족의 의지와 연대감이 피어오르길 기도합니다.

많은 이의 마음이 어느 때보다 어렵고 힘든 이 시기, 우리 자신이먼저 생명이고 평화 되기를 소망하며 낮춤과 비움, 존엄과 섬김의 길을 구합니다. 위로와 치유 있기를, 용기와 화해 있기를, 선함과 정의가 깊숙이 뿌리내리기를 간청합니다. 진정 '사람의 길, 생명의 길, 평화의 길'이 모든 마음, 모든 곳에 열리고 다져지기를 염원합니다."

—

안정된 삶을 접어 두고 진행팀에 합류한 것은 내게 도전이었습니다. 사실 그동안 너무 바쁘게 살았습니다. 내 인생에서 잠시 마음과 몸이 쉬는 쉼표 같은 시간이 필요했습니다. 나를 포함해서 모두가 다 앞만 보고 갑니다. 옆이나 뒤를 살피지를 않아요. 두어 달 함께하니 사람에겐 때론 뒤를 돌아볼 계기가 필요하다는 것과 느림의 중요성을 느꼈습니다. 사람 인人 자가 서로 기대는 모양이듯 더불어 사는 것을 인정하고 사는 것이 사람답게 사는 길입니다. 순례가 끝나고 다시 내 삶에 복귀하더라도, 이전보다는 급함을 버리고 매이지 않는 삶을 살 것 같습니다.

— 김행철, 진행팀 차량 담당

대지에 절한다는 건 대지를 높이고 나를 낮추는 것입니다. 그동안 지나치게 인간을 높은 곳에 올려놓았으므로 다시 낮은 곳으로 내려가야 합니다. 제비꽃에도 절하고, 금낭화에도 절하고, 조팝나무에도 절해야 합니다. 물물천物物天이라 했습니다. 모든 사물 안에는 작은 하느님, 작은 우주가 그 안에 깃들었습니다. 인간의 가슴속에만이 아니라 그 작은 것들 안에도 들어가 계시는 하느님께 절합니다.

대지에 절한다는 건 천지만물을 향해 참회한다는 것입니다. 대지는 생이불유生而不有합니다. 그곳에 온갖 생명이 자라고 살게 하지만 그것을 소유하려 하지 않습니다. 그래서 영원한 삶을 얻습니다. 제 안에 자라는 풀과 나무, 거기 깃들어 사는 새와 짐승을 내 것이라고 고집하지 않습니다. 인간만이 소유를 두고 다투고 짓밟고 죽이며 전쟁을 불사합니다. 끝없는 탐욕과 벼랑을 향해 질주하는 자본주의를 향해 참회합니다. 할 줄 아는 게 삽질밖에 없어 강이고 길이고 끝없이 파헤치고 뒤집어엎는 21세기 오늘의 이 나라를 향해 절합니다.

대지에 절한다는 것은 땅과 하늘에 기원하는 것입니다. 경제적인 면에서 세상은 불평등합니다. 그러나 사회적으로 인간은 평등을 요구합니다. 여성은 남성과 동등하게 대우받기를 원하고, 정규직이 되지 못한 노동자들도 노동의 주체로 인정받기를 원하며, 소수자들도 똑같이 인정받기를 원합니다. 인간의 역사는 똑같은 사람으로 인정받기를 원하는 사람들의 요구가 하나씩 실현돼 온 역사입니다. 그것을 조정하고 타협하며 갈등을 최소화하려는 노력이 정치입니다. 어느 한쪽 편만을 드는 것은 정치가 아닙니다. 그리고 그 모든 것은 인간이 인간답게 살 수 있는 세상을 향한 노력입니다. 인간이 인간답게 살 수 있는 세상이 되게 해 달라고 대지에 절합니다.

정작 절해야 할 사람들이 절하지 않으므로 스님과 신부님들이 대신 절합니다. 매 맞아야 할 사람들이 회초리를 피하고 있으므로 대신 매를 맞습니다. 다리가 부러지도록 절합니다. 허리가 휘도록 엎드려 절합니다. 바보같이 참으로 바보같이 대신 절합니다. 눈물겹도록 절합니다.

— 도종환 시인 〈절하며 가는 길〉 중

처음 참여하지만, 생각보다 힘들지 않습니다. 역시 하고자 하는 마음이 중요한 것 같습니다. 자본주의의 공격적인 물질주의에 대한 대안을 생각해 본 적이 있습니다. 사실 냉혹한 권력을 가진 정치적 주체들을 반대 세력이 바꾸기는 어려운 것 같습니다. 다만 자기 자신이 변화하려는 생각이 있다면 생각에 그칠 게 아니라 실제로 변화해야 합니다. 스스로 마음을 굳건히 하고 변화하려고 발버둥 쳐야 합니다. 또 스스로에게 끊임없이 질문과 대답을 던지며 살아야 하며, 항상 염치 있는 사람이 돼야 합니다.

— 김선아, 파주

어린 순례자들이 참여했습니다. 일곱 살 동생이 가방을 실은 유아차를 밀며 순례길을 따릅니다. 열세 살 언니는 그 뒤를 따르며 조용히 반배를 합니다. 동생이 힘겨우면 유아차를 대신 끌면서도 기도하고, 더 힘겨워하면 유아차에 동생을 태워 밀면서 반배로 기도합니다. 다시 동생이 깨어나 유아차를 밀면 언니는 엄마 아빠를 따라 대지에 몸을 낮춰 기도합니다.

—

법당에서는 부처님을 통해 사람과 세상을 만나고, 여기서는 땅을 통해 사람이 발 딛고, 농사짓고, 숨 쉬고, 욕망하는 사람들과 세상을 만나니 이것이 부처가 되는 과정입니다. 모든 생명은 낮게 엎드릴 때 자세히, 멀리, 그리고 핵심이 보입니다. 우리는 높은 곳에서 사람들을 가르치려고만 했으니 길을 찾기 어려웠습니다. 불편하더라도 베풀고 나누면서 살아야 하는데 더 많이 가지려 하니 괴롭습니다. 무엇보다 개개인의 사고를 고치는 것이 중요합니다. 모든 생명에 경건함, 평등함을 가져야 합니다. 제가 어렸을 때는 소변을 보아도 거름이 되게 논에다 보라고 했고, 국수를 끓여도 생명이 죽을세라 뜨거운 물은 식혀서 버렸습니다. 이는 불인지심不忍之心, 즉 남의 마음을 차마 외면하지 못하는 마음에서 기인합니다.

— 법인 스님, 실상사 화엄학림 학장

—

우리 사회의 외면과 무책임은 큰 문제입니다. 주변을 외면하게 하는 사회 구조 때문에 나도 모르게 주변을 외면하게 됩니다. 근본적인 원인은 자신을 사랑하지 않아서입니다. 자신을 사랑하는 사람이 남도 사랑합니다. 외형적인 꾸밈에 대한 사랑이 아닌 내면적인 성찰과 반성을 통한 자신의 사랑이 필요합니다. 우리는 사람 위주의 삶이 아닌, 풀뿌리와 나무, 물 등 서로 다른 것과 조화를 이루고 삶을 살아야 합니다.

— 박형선, 일산

김포 하늘씨앗살이학교는 올해 중·고등학생 여덟 명으로 시작한 대안학교입니다. 생태 환경, 평화, 비폭력 대화, 성평등, 지역 사회의 난민을 돌보는 봉사 활동 등을 수업으로 합니다. 학교에서는 매주 화요일 평화 수업을 실시하는데, 처음에는 자신의 평화, 이후 서로 간의 평화, 마지막 세상과의 평화를 교육합니다. 마침 오체투지 순례가 세 가지 뜻에 부합한다고 생각해 왔습니다. 생명·평화의 길은 사람과 사람, 사람과 자연이 서로 존중해야 열립니다. 이 안에서 우정도 싹틉니다. 우리 사회는 권력자와 비권력자, 부자와 가난한 자, 경쟁력을 가진 자와 그렇지 않은 자 등 점점 더 양극화하면서 소통의 부재는 더욱 심각합니다. 남북 간도 소통되지 않아 서로 이해를 못 하고 긴장과 대치 국면으로만 치닫습니다. 이를 극복하고 서로 마음이 통하는 사회가 되기를 간절히 바랍니다.

— 김영근, 김포 하늘씨앗살이학교 교장

—

122일 차입니다. 문산으로 접어듭니다. 북녘과 가까워지니 곳곳에 평화를 요구하는 말들보다 군사 관련 시설이 많이 보입니다. 도로 중간중간 이중으로 만든 육중한 전차 방어 시설이 큰 광고판으로 가려져 있습니다. 군사 시설과 설치물보다 상대방을 존중하는 신뢰의 말 한마디와 몸짓 하나가 더 필요한 시대입니다.

—

오늘도 서로를 모시는 절로 하루를 시작합니다. 여우고개 사거리를 지나 임진각 초입까지 갑니다. 간간이 지나가는 군용 차량 외에는 차들도 뜸해 도로가 정말 고요하고 한적합니다. 태풍의 눈과 같은 비무장 지대에 가까워진 것입니다. 그간 귀를 메웠던 소음이 사라지고 새들의 지저귐이 크게 들리는 곳입니다. 그래서 징을 내리고 죽비를 오랜만에 꺼내 들었습니다. 탁, 탁 소리에 괜스레 눈물들이 솟습니다.

오체투지 124일 차. 2009년 6월 6일 현충일. 임진각 망배단에는 1,000여 명이 넘는 순례단이 빼곡히 들어찼습니다. 우리는 한없이 낮아지는 마음과 몸으로 사람, 생명, 평화의 세상을 기원하며 이 땅에서 나아갈 수 있는 길의 끝까지 왔습니다. 북녘에서는 지난 6월 1일 묘향산 상악단 천고제에 협조하겠다며 순례단 27명에게 초청장을 보내왔습니다. 순례단은 통일부와 면담 자리에서 남과 북의 긴장을 낮추고 평화를 만드는 민간 교류 협력의 적극적 확대가 필요하다는 점을 강조했습니다. 한반도 평화를 위한 작은 희망이 되도록 노력하겠다는 입장을 전달했습니다. 한반도 생명 공동체에 평화의 씨앗을 심는 것은 복잡한 정치 논리가 아니라, 서로를 이기겠다는 대결과 증오의 논리가 아니라, 아주 여린 실천적인 평화의 마음을 교환하는 일에서부터 시작해야 한다는 의견을 전했습니다.

—

지난 2년간 오체투지로 함께한 120여 일은 너무나 감사하고 고맙고 하루하루가 새로운 날들이었습니다. 지리산 노고단을 출발해 계룡산 신원사를 거쳐 이곳 임진각에 이르는 동안, 하루하루 매일 같이 새롭게 참여하는 순례자들로 우리 시대의 생명 평화를 염원하는 마음을 함께 나누었던 날들이었고, 우리 시대가 걸어가야 할 길에 대해 많은 가르침을 받은 날들이었습니다. 순례단은 그 속에서 나를 낮추어 세상을 바로보고 나의 내면을 내밀히 되돌아보며 사람답게 사는 세상, 생명의 가치가 존중되는 세상, 평화의 가치가 공존하는 세상을 찾아 길을 걸어왔을 뿐입니다.

또한 '사람의 길, 생명의 길, 평화의 길'을 찾아가는 오체투지 순례길을 만든 주인공은 하루 일상을 살아가며 우리 사회의 희망을 찾고자 하는 수많은 국민이었습니다. 그리고 순례길을 함께 만들어 간 햇살과 바람과 비의 조화였습니다. 매일같이 들려오는 우리 사회의 가슴 아픈 소식은 순례단의 발걸음을 무겁게 만들었지만, 그 속에서도 희망의 끈을 놓지 않고자 노력하는 분들이 있었고, 공존과 상생의 이치를 포기한 세상에서도 순간순간 경이로운 모습을 보여 준 시민들과 자연은 그 자체로 순례단의 스승이었습니다.

그러나 순례가 마무리되는 시점에서도 우리 사회의 모습은 순례단의 가슴을 아프게 합니다. '사람의 길, 생명의 길, 평화의 길'에 역행하는 역천의 정치는 소통 부재의 시대를 만들고 공동체를 훼손하고 있으며, 회복

불가능한 국토의 훼손을 정당화하고 있습니다. 또한 옳고 그름이 아니라 경제적 이해에 따라 가치관을 형성하는 사회가 돼 버렸습니다. 순례길에 본 한국 사회는 용산 참사와 노무현 전 대통령의 순명, 파탄 난 남북 관계, 4대강 정비 사업으로 대표되고 있습니다. 급기야 소통을 위한 광장은 점령군의 연병장으로 바뀐 듯합니다. 그렇기에 여전히 소통 부재는 시대의 과제입니다.

더욱이 탐욕적인 자본의 흐름을 규제하는 대신 사회적 소통에 대한 규제를 선택한 권력은 사회적 불신과 경찰 공권력에 의존하는 불행한 권력이 돼 버렸습니다. 그렇기에 최근 사회적 죽음에 남겨진 사회적 상처와 과제는 유달리 크게 다가옵니다. 누가 사회적 지혜와 역량을 모아 이 남겨진 과제를 해결할 것인지 되돌아보지만 답이 보이지 않습니다.

그렇기에 더더욱 우리는 '사람·생명·평화'의 가치를 기반으로 새로운 길을 모색해야 합니다. 논할 가치 없는 대상을 바라보며 한탄하고 비관하기에는 시대를 둘러싼 상황과 조건이 엄중하게 다가옵니다. 그렇기에 '독단과 독선, 속도전'이라는 시대의 키워드로 무너진 '사람·생명·평화'의 가치를 바로 세우는 절실한 노력이 사회적으로 요구되고 있습니다.

하늘과 땅 사이 존재하며 스스로 희망이고자 노력하였던 수많은 이들과 햇볕 한줌, 고요하게 불어오는 바람과 대지의 생기를 일깨우며 촉촉이 내리던 비. 이 모든 것을 품어 주던 대지에 오만했던 몸을 겸손히 낮추어 지난날의 삶과 사회를 내밀히 돌아보고, 낮은 시선으로 생명의 눈을 맞추고 그들의 아픔을 함께 안고자 했던 순례길이 이제 마무리됩니다.

그동안 너무나 감사했고, 보내 주신 이 많은 은혜를 어떻게 보답해야 할지 모르겠습니다. 하루하루 소중한 희망을 전해 주셨던 많은 순례자와 시민 여러분께 감사드립니다. 보내 주시고 나눠 주신 지혜와 가르침, 그리고 함께하는 마음을 잊지 않고, 희망을 향한 우리의 순례는 계속 이어질 것입니다.

— 순례단 〈생명의 눈으로 평화의 마음으로 사람의 길을 찾아서〉 중

지금 우리 사회는 첨예한 남북 갈등에 더해 민주주의가 위기입니다. 그로 말미암아 사람의 길은 살인적 경쟁과 탐욕으로 덮였습니다. 경제 지상주의는 양극화를 더 벌려 놓았습니다. 사람의 길을 잃어갑니다. 생명의 길은 개발 지상주의에 함몰됐습니다. 전 국토가 짓밟힙니다. 반생명의 길을 갑니다. 평화의 길은 분열과 대립으로 일탈했습니다. 자연과 사람, 사람과 사람 사이가 폭력성으로 황폐합니다. 우리는 평화의 길에서 너무 멀어졌습니다.

땅바닥을 기어 보니 사람의 길이 보였습니다. 탐욕의 끈을 내려놓고 생명의 근원으로 돌아가는 것만이 평화로운 삶의 길임을 보았습니다. 이러한 깨달음은 분단의 현장인 임진각에서 더욱 사무칩니다. 살아 있는 우리가 사람의 길, 생명의 길, 평화의 길을 걸어가는 것만이 동족상잔의 비극으로 한 맺힌 죽음을 맞은 이들을 위한 진정한 천도라는 것도 깨달았습니다.

— 수경 스님 〈임진각 회향 천도재 발원문〉 중

지금 한반도에 필요한 것은 대화와 합의조차 없는 대결의 시대가 아닙니다. 진정으로 작은 평화를 염원하는 마음부터 실천으로 교류해야 할 때입니다. 우리를 지키는 건, 평화를 두려워하며 미사일과 대포를 사재는 게 아니라, 서로 존재를 인정하고 마주 서서 평화를 기원하는 작은 인사에서 출발하리라 믿습니다.

순례단은 통일부에 방북 신청을 했지만, 통일부는 묘향산 방북에 동의하지 않으며, 입장 표명을 유보했습니다. 순례단은 현 정부의 대북 정책 기조가 전쟁 불사 논리가 아니라면, 신뢰 회복 차원의 인도적, 종교적, 경제적, 민간 교류 협력을 확대하는 것이 한반도 평화 정책의 시금석이 될 것이라 믿습니다.

지리산에서 임진각 망배단까지 천 리 길 124일, 오체투지로 왔습니다. 세상에서 가장 낮은 자세랍니다. 그보다 낮은 자세는 무덤 속밖에 없을 터 '순례길에서 죽을 수도 있겠다' 생각하며 떠난 길이었습니다. 생과 죽음을 밀착시키고 정지한 듯 움직이며, 가는 듯 마냥 제자리인 자벌레처럼 기었습니다. 소걸음만큼 마냥 느리고 느리게 갔습니다. 그래도 마침내 우리 모두 살아서! 남쪽 구간 마지막 목적지에 이르렀습니다.

그 길에서 우리가
배웅한 것은 무엇이고 마중한 것은 무엇인가.
이별한 것은 무엇이고 만난 것은 무엇인가.
낮춘 것은 무엇이고 높인 것은 무엇인가.
비운 것은 무엇이고 채운 것은 무엇인가.
얻은 것은 무엇이고 떠나보낸 것은 무엇인가.
새로 낸 길은 무엇이고 미처 찾지 못한 길은 무엇인가.
허문 장벽은 무엇이고 공들여 쌓은 탑은 무엇인가.
본 것은 무엇이고 눈 감은 것은 무엇인가.
들은 소리는 무엇이고 귀 막은 것은 무엇인가.
애달팠던 것은 무엇이고 평화를 느낀 것은 무엇인가.
들어서길 망설이고 막막하게 느낀 길은 무엇인가.
여전히 존재하는 모호하며 어지러운 길은 무엇인가…
헤아려 봅니다.

순례를 마친 지금, 이 사회는 지난해 순례길에 오를 때보다 더 비극적으로 변해 버렸습니다. 순례길은 암흑 속 막막한 터널 한가운데를 천천히 통과하는 듯했습니다. 그러나 그럴수록 사람의 길, 생명의 길, 평화의 길은 바라고 또 바라며 가고 또 가야 할 길이었습니다. 정성과 진정을 담아 온몸과 온 마음으로 아스팔트에 몸 누였습니다. 간절히 기도했습니다. 우리의 기도로 그 누구 단 한 사람이라도 앞뒤 안 가리고 달리던 길을 잠시라도 멈춰 사람의 길을 다시 묻기를 바랐습니다. 우리의 삶이 우리의 역사가 우리의 영혼이 옳은 길, 제대로 된 길을 가는지 잠깐이라도 되묻기를 바랐습니다. 우리의 기도가 생명과 평화의 샘물로 흘러 이 혼돈한 사회 어느 한 자락이라도 치유하고 정화하기를 염원했습니다. 희망은 절망을 이긴다는 것을, 빛은 어둠을 이긴다는 것을 말하고 싶었습니다. 상처받고 모욕당하는 모든 존재에게 위로와 용기의 마음 전하고 싶었습니다. 우리 함께 성찰하고 성장하며 성숙해지자고 조용히 어깨 걷고 싶었습니다.

세상은 좌와 우로 나뉜 것이 아닙니다. 존엄과 존중, 사랑과 연민, 도리와 예의, 정의와 나눔 따위를 알고 느끼고 배우고 행하는 자와 그렇지 않은 사람이 있을 뿐입니다.

선을 키웁시다. 악이 약해집니다.
정의로워집시다. 불의가 작아집니다.

연대합시다. 외롭지 않습니다. 두렵지 않습니다.

사랑과 연민을 실천합시다. 그 자체로 거룩하고 위대한 삶입니다.

타인은 섬기고 자신은 낮춥시다. 진실로 강해지는 길입니다.

욕심은 줄이고 나눔은 키웁시다. 평화롭고 행복해집니다.

양심과 진실함에 귀 기울이고 행동합시다. 우리 모두 존엄하고 강해집니다.

다시 한번 우리 자신에게 우리 모두에게 묻습니다.

우리 역사는 지금 어느 길을 갑니까.

우리 각자는 지금 어느 길을 갑니까.

우리 영혼은 지금 어느 길을 갑니까.

— 문규현 신부 〈124일 천 리 길, 세상 가장 낮은 자세로 왔습니다〉 중

오체투지, 그 후…

■ ■

2009년 6월 임진각 회향 이후 : 북한 당국은 6월 15일 묘향산 천고제가
가능토록 하겠다며 오체투지단 27명에게 초대장을 보내왔습니다. 하지만
정부는 오체투지단의 방북을 불허했습니다.

■ ■

2009년 6월 9일 : 순례에 함께했던 문규현, 전종훈 신부 등 천주교정의
구현전국사제단은 용산 철거민 참사 현장을 지키던 문정현 신부 등과 결
합해 '남일당성당'(이강서 대표 신부. 천주교 서울교구 빈민사목위원장)을 꾸
리고 함께했습니다. 그해 10월 22일 용산 참사 해결을 위해 11일째 집단
단식 중이던 문규현 신부는 심장 쇼크로 쓰러져 병원으로 이송됐습니다.
함께 단식 중이던 전종훈, 나승구 신부도 주변에서 만류해 10월 26일 병
원으로 이송됐습니다. 다행히 건강을 되찾았습니다. 전종훈 신부는 천주
교정의구현전국사제단 대표 신부로 삼성 엑스X파일 사건을 알리고, 광
우병 소고기반대 촛불 항쟁 등에 앞장섰다는 까닭으로 2008년 8월 21일
천주교 서울대교구로부터 서울수락산성당 주임신부 자리에서 쫓겨나 무
기한 안식년 조치를 받은 후 2024년 현재까지 성당으로 돌아가지 못했습
니다.

2010년 3월 : 수경 스님은 2008~2009년 오체투지 이전부터 계속해 왔던 4대강 댐 건설 반대를 위해 경기도 여주 강천보 공사 현장 근처에 컨테이너박스 한 칸으로 된 '여강선원'을 차렸습니다. 지리산 댐 건설을 막고, 새만금 갯벌을 살리고자 했던 생명 평화의 마음들이 함께했습니다. 그해 5월 31일 6·2 지방선거를 이틀 앞둔 날. 경북 군위읍 하천 둔치에서 마흔두 살의 문수 스님이 4대강 사업에 반대하는 글을 남기고 스스로 자신의 육신에 불을 붙여 이승의 삶을 끝내는 소신공양을 했습니다. 유서에는 "이명박 정권은 4대강 사업을 즉각 중지 폐기하라. 이명박 정권은 부정부패를 척결하라. 이명박 정권은 재벌과 부자가 아닌 서민과 가난하고 소외된 사람을 위해 최선을 다하라"라고 적혀 있었습니다. 수경 스님이 느낄 때 문수 스님의 소신공양을 조계종단은 제대로 평가하지 않았고, 제대로 성찰하지 않았습니다. 수경 스님은 문수 스님 추모식 이후인 6월 14일, '대접받는 중노릇은 하지 않겠다'라는 심정을 밝히며 화계사 주지 자리와 조계종의 승적을 모두 내려놓고 '초심'으로 돌아갔습니다. 2017년 촛불 항쟁 후 밝혀진 바에 따르면 당시 이명박 정부 국정원 등은 불교계의 수경 스님, 도법 스님, 명진 스님 등을 블랙리스트 스님으로 규정하고 전방위적으로 조계종단 등에 압력을 행사했다는 것이 밝혀지기도 했습니다.

2014년 12월 24일~2024년 현재 : 2008년 오체투지 시작 전에 방문했던 기륭전자 비정규직 노동자들은 2008~2009년 오체투지에 참여한 경험을 바탕으로 '정리해고·비정규직 없는 세상을 위한 오체투지'에 나섰습니다. 4박 5일간의 1차 오체투지에 바로 이어 '쌍용자동차 정리해고자 복직을 위한 오체투지'가 2차로 3박 4일간 진행됐습니다. 3차로는 '통신 비정규직 정규직화를 위한 오체투지'가 다시 3박 4일간 진행됐습니다. 영하 15도를 오르내리던 한겨울에, 밤샘 노숙까지 하며 진행되던 정리해고자와 비정규직 노동자들의 사회적 호소에 많은 시민이 동참해 주었습니다. 바로 이어 충북 영동과 충남 아산에 공장이 있는 유성기업 해고자들은 날마다 점심시간에 공장 안에서 오체투지를 했습니다. 2년여에 걸쳐 고공 농성 중인 파인텍 해고 노동자들을 기억하고 연대하는 삼보일배, 오체투지 등이 진행되기도 했습니다. 더불어 세월호 참사 진상 규명과 이태원 참사 진상 규명 등을 요구하는 현장에서도 진행되며 어느덧 삼보일배, 오체투지는 고통받는 노동자 민중, 국가 폭력의 희생자들과 새로운 세상을 꿈꾸는 이들이 사람의 길, 생명의 길, 평화의 길을 더불어 기원하는 사회적 순례의 양식이 됐습니다.

2021년~2024년 : (사)세상과함께에서는 2003년 삼보일배와 2008~2009년 오체투지의 정신이 오늘 여기에서도 여전히 필요하다는 마음으로 이 책의 발간을 계획했습니다. 평범한 이들이 쉽고 알차게 삼보일배와 오체투지의 지난 정신과 진행 과정을 후체험의 방식으로 참여해 볼 수 있는 기록산문집을 기획하고 편찬해 내기까지 다음의 중요한 과정이 있었습니다.

한의사 공부모임 '지금여기'는 2021년 4월 첫 회의를 시작으로 삼보일
배·오체투지 순례 자료를 찾고, 모으고, 정리하고, 목록화하는 일에 나
섰습니다. 모임에서 활동하는 한의사 50여 명이 1차로 인터넷을 검색해
신문 기사와 글, 사진과 영상 등 관련 자료를 최대한 모았습니다.

이를 바탕으로 (사)세상과함께 '삼보일배오체투지 환경상' 운영위원회는
백서준비팀(10명)을 구성해, 당시 순례에 참여했던 단체와 개인에게 연락
해 직접 자료를 전달받거나, 자료가 남아 있는 인터넷 사이트를 안내받아
하나하나 확인하며 2차 작업을 진행했습니다. 더불어 순례에 사용했던
징과 구호가 적힌 조끼(몸자보), 무릎 보호대, 구멍 난 장갑 등 관련 물품
을 기증받아 모았습니다.

자료 수집과 동시에 백서준비팀은 같은 해 5월부터 10월까지 삼보일배·오체투지 순례 진행팀 분들을 인터뷰했습니다. 모두 25명(삼보일배 10명, 오체투지 15명)으로, 대면 인터뷰(22명)와 서면 인터뷰(2명), 화상 인터뷰(1명) 방식으로 진행했습니다. 당시 코로나 상황으로 어려움이 있었지만, 백서준비팀은 2~3명씩 짝을 지어 강릉, 정선, 일산, 서울, 하남, 아산, 용인, 수원, 세종, 전주, 함양, 장수, 부안, 남원, 목포 등 전국 각지에서 각자의 삶을 살아가는 진행팀을 한 명 한 명 만나 순례 이야기를 들으며 더 자세한 정보를 모을 수 있었습니다. 오체투지 순례 진행팀원 마웅저 씨는 고국 미얀마로 돌아가 민주화 운동 중이어서 부득이 화상 인터뷰를 진행했습니다. 이때는 백서준비팀 전원이 참여했습니다.

백서준비팀은 그동안 모은 자료를 정리하고, 백서를 고려한 목록화 작업을 구체화하고, 부족한 자료는 직접 생성했습니다. 생업이 있어 바쁜 와중에도 각자 한 주 동안 맡은 일을 하고, 매주 회의에서 진행 상황을 점검하며, 다음 할 일을 나누는 방법으로 진행했습니다. 7개월에 걸쳐 총 34회 화상회의를 하고, 날마다 상시로 메신저로 논의했습니다.

2021년 11월 27~28일에는 백서준비팀 전원이 1박 2일 일정으로 모여 자료를 총정리하고, 마지막 일정으로 오체투지를 했습니다. 2008년 9월 4일 오체투지 순례 첫날, 지리산 노고단에서 내리막길을 가며 온몸이 거꾸로 쏟아졌다던 순례자들의 경험을 조금이라도 체험하고자, 백서준비팀 모두가 내리막길과 오르막길에서 오체투지를 하고, 마지막으로 평지에서 마무리했습니다.

2021년 12월, 모든 자료를 출력해 총 12권, 1만 2,000여 쪽으로 〈백서 기초 자료집〉을 완성했습니다. 이후로는 백서준비팀을 해산하고 백서기획팀(4명)을 꾸려 서록집을 준비했습니다. 2021년 4월 첫 모임 이후 책이 나오기까지 오랜 기간 자료를 함께 찾고 정리한 여러 사람의 노고와 정성이 있었습니다.

사람의 길, 전환의 길, 생명 평화의 길
"성찰하고 표현하라, 공감하고 연대하라"

1.

조금 알면 오만해지고
조금 더 알면 질문하게 된다.
거기서 조금 더 알면 기도하게 된다.

–라다크리슈난

그렇습니다. 조금 알면 우쭐해집니다. 다 안다는 듯이 으스대고, 자기보다 많이 알지 못하는 사람이나 힘없는 존재를 함부로 대합니다. 오만은 무지에서 비롯됩니다. 탐욕과 어리석음이 '하늘 높은 줄' 모르게 합니다. 탐진치貪瞋痴 이 세 가지 독毒이 만 가지 악의 근원입니다.

조금 더 알면 묻기 시작합니다. 라다크리슈난의 경구를 시대와 문명 차원으로 넓히면 의미심장해집니다. 서구 근대는 인간을 신의 자리에 올려놓고 유토피아를 향해 질주했지만 불행하게도 근본적 질문을 하지 않았습니다. '이런 삶이 좋은 삶인가'라고 묻지 않았습니다. '지구 자원은 무한한가'라고, '모든 것은 연결되어 있는가'라고 자문하지 않았습니다. 근대 문명은 자기를 객관화하는 능력이 없었습니다.

이제 질문의 시대입니다. 우리의 지식과 기술이 감당할 수 없는 세상이 펼쳐지고 있기 때문입니다. 뭔가 잘못돼도 크게 잘못되었다는 생각을 지울 수 없기 때문입니다. '이것이 과연 우리가 원한 삶인가', '인류 문명이 언제까지 지속될 수 있을까'. 하지만 그 목소리는 크지 않습니다. 설령 질문을 하더라도 답을 구하려 들지 않습니다. 누가 애써 해결책을 제시해도 행동으로 옮기지 않습니다. 변화를 불편해하거나 심지어 두려워합니다. 어제보다 오늘이, 오늘보다 내일이 더 나빠지는 사태가 계속되고 있습니다.

'깨어 있는 정신'들은 오래전부터 기도했습니다. 인간의 탐욕과 무지를 안타까워하면서 하늘을 올려다보고 땅을 어루만졌습니다. 그 기도 중 하나, 아니 '기도 중의 기도'가 삼보일배와 오체투지입니다. 인간의 인간다움을 가로막고 생명의 생명다움을 훼손하는 현장에서, 그리고 그 현장들이 사방으로 번져 나가는 '길' 위에서 세 걸음 걷고 한 번 절하면서, 온몸을 땅에 던지면서 사람과 뭇 생명과 천지자연의 공생공락을 염원했습니다.

질문과 기도는 각각 지성, 영성과 연관됩니다. 이제 질문을 부여안고 간구해야 할 때입니다. 간구를 붙잡고 실천할 때입니다. 지성과 감성과 영성이 조화를 이루는 삶, 그런 삶을 향해 손잡고 나아가야 할 때입니다. 시간이 많지 않습니다. 장기 비상사태라고도 불리는 복합 위기가 이미 도래했습니다. 지구가 불타고 있습니다. 화석 연료가 고갈되고 생물종이 사라집니다. 양극화와 불평등이 지구촌을 뒤덮고 있습니다. '전시 상태'라고 해도 과언이 아닙니다. 미래가 급격하게 작아지고 있습니다.

우리가 2003년 삼보일배와 2008년 오체투지를 되돌아보는 이유가 여기에 있습니다. 이대로 가다간 공멸합니다. 기존의 가치관과 삶의 방식을 고수한다면 인류는 조만간 사라질지 모릅니다. 일찍이 아인슈타인은 '어떤 문제를 일으킨 사고방식으로는 그 문제를 해결할 수 없다'고 경고한 바 있습니다. 그렇습니다. 오늘의 사태를 발생시킨 낡은 생각을 버려야 합니다. '사람의 길, 생명의 길'을 다시, 새롭게 열어 나가야 합니다. 삼보일배와 오체투지 정신을 우리 마음 안에서 되살리고, 그것을 국가와 사회 곳곳으로, 지구 전체로 확산시켜야 합니다. 뒤돌아보며 참회하고, 이웃을 둘러보며 꿈꾸고, 멀리 내다보며 기도해야 합니다. 행동해야 합니다.

2.

삼보일배−오체투지는 '눈먼' 시대와 문명 앞에 한 줄기 '빛'을 선사한 하나의 사건입니다. 국가와 사회, 산업 문명의 폐해를 두루 살피고 더 나은 내일로 나아가는 길을 꿈꾸게 한 전환점입니다. 우리 안에 잠들어 있는 생명에 대한 감수성을 일깨운 '죽비 소리'입니다. 천지자연을 인간의 물질적 풍요를 위한 수단으로 전락시켜 온 법과 제도의 '민낯'을 드러낸 비폭력−불복종 직접 행동입니다. 무엇을 어떻게 해야 새로운 길을 열어 나갈 수 있을지 함께 모색하게 만든 촉진제입니다. 한마디로, 모두를 위한 참회 기도이자 모두의 미래를 위한 순례인 것입니다.

삼보일배는 문자 그대로 세 걸음 걷고 한 번 절하는 수행법입니다. 불가에서는 불보佛寶, 법보法寶, 승보僧寶를 일컬어 삼보三寶라고 하거니와, 삼보에 귀의하는 행위를 삼보三步로 변용해 행선行禪의 한 방식으로 정착시킨 것입니다. 첫걸음에는 내 안의 탐욕을, 두 번째 걸음에는 분노하는 마음을, 세 번째 걸음에는 어리석음을 반성합니다. 그리고 무릎 꿇고 두 손과 이마를 땅에 대며 참회와 성찰을 새로운 삶을 위한 희구로 승화시키는 것입니다.

인간은 두 발로 서고 걸으면서 땅과의 접촉면을 최소화했습니다. 서 있거나 걸을 때 우리는 땅과 수직합니다. 땅과 멀어집니다. 그렇다고 머리가 하늘과 가까워지는 것은 아닙니다. 우리는 도구와 기계를 다루면서, 천지자연을 '무한한 자원'으로 여기면서 문명을 진전시켜 왔습니다. 하지만 그러는 사이, 우리는 땅과 멀어지고 하늘에 무심해지고 말았습니다. 삼보일배(오체투지는 더할 나위도 없지만)는 '오만한 수직적 인간'이 '반성하는 수평적 인간'으로 돌아가는 고행입니다. 스스로 '본래 자리'를 되찾는 기도 수행입니다.

2003년 삼보일배는 새만금 해창갯벌에서 첫걸음을 뗐습니다. 그해 3월 28일 4대 종단, 즉 불교, 천주교, 원불교, 기독교 성직자인 수경 스님, 문규현 신부님, 김경일 교무님, 이희운 목사님이 '온 세상의 생명─평화를 염원하며' 순례를 시작했습니다. 네 성직자와 (구간별로 참가한) 시민들이 서울 광화문까지 65일 동안 322킬로미터를 세 걸음 걷고 한 번 절하며 이동했습니다. 인간의 과도한 욕망에 희생되는 새만금 갯벌을 살리고 무고한 생명이 희생당하는 이라크 전쟁에 반대하는 삼보일배는 기도이자 순례였습니다. 비폭력 저항이자 '묵언'의 대안 제시였습니다.

그렇습니다. 삼보일배의 의미는 깊고 컸습니다. 당장에는 새만금 간척 사업과 이라크 전쟁을 중단하라는 요구였지만 그 바탕에는 산업 문명의 폭력성에 대한 성찰과 비판이 자리 잡고 있습니다. 개발 만능주의, 성장 제일주의는 자연을 착취할 뿐만 아니라 인간의 내면까지 황폐화합니다. 생산력 증대를 최우선하는 자본주의 경제 논리 속에서, 그리고 무한 경쟁과 승자 독식 체제를 좌시하는 현실 정치, 다시 말해 권력 쟁탈에 혈안이 된 미성숙한 민주주의 아래에서 온전한 삶을 영위하기란 거의 불가능합니다. 삼보일배는 '힘의 논리', '돈의 논리'가 드리우는 거대한 그늘에서 벗어나지 않는다면 우리에게 미래는 없다고 경고한 것입니다. 우리가 깨어나 뜻을 모은다면 지금과 다른 삶, 어제오늘과 다른 세상은 얼마든지 가능하다는 희망을 제시한 것입니다.

순례는 지켜보는 사람들은 상상조차 하기 힘든 고난의 연속이었지만 결코 외롭지 않았습니다. 연도에서 지켜보던 시민들은 눈물을 흘렸습니다. 수건을 들고 와 땀을 닦아 주는가 하면, 음료수를 건네고 성금을 내기도 했습니다. 차가 밀려 간혹 짜증을 내는 운전자가 있었지만 행렬을 응원하는 운전자가 더 많았습니다. 많은 이가 삼보일배가 진행되는 '느린 길'을 찾았습니다. 뉴스를 보고 달려온 학생들, 아버지의 손을 붙잡고 동참한 중학생, 평범한 가정주부, 시민 단체 활동가, 노동자, 연예인, 작가, 학자, 외국인 등 실로 다양했습니다. 환경부, 농림부, 문화관광부, 해

양수산부 등 관련 부처 장관과 경기도지사 등이 잇달아 순례 현장을 방문했습니다. 하지만 네 성직자는 '묵언수행' 중이어서 그들과 대화를 나누지 않았습니다(설령 길게 대화를 나눴다고 해도 새만금 사업은 중단되지 않았을 것입니다).

2003년 5월 21일 서울이 지척인 남태령 오르막에서 급기야 수경 스님이 의식을 잃고 맙니다. 스님은 곧바로 응급실로 옮겨져 치료를 받았지만 이튿날 스님은 의료진의 만류에도 불구하고 순례에 다시 참여합니다. 휠체어에 앉아 다섯 바퀴마다 반배를 올리며 서울로 입성했습니다. 행렬은 국회의사당을 한 바퀴 돌고 난 뒤 5월 31일 서울시청 앞 광장에서 기도회 및 시민대회를 끝으로 65일간의 대장정을 마무리했습니다.

수경 스님은 한 언론과의 인터뷰에서 이렇게 말했습니다. "삼보일배는 단순히 새만금 간척 사업을 반대하려고 한 것이 아니라 오늘날의 환경 위기를 초래한 물질 위주의 삶, 개발과 성장 위주의 정책을 우리 모두 돌아보자는 뜻에서 시작한 것입니다. (…) 우리의 삶이 근본적으로 달라져야 한다고 생각하게 됐습니다. 그렇지 않으면 설사 새만금을 중단하고 그 돈을 다른 개발 사업으로 돌려도 다시 제2, 제3의 새만금이 나오게 마련입니다."

근본적 전환이 이뤄지지 않는다면 도처에 새만금이 생겨날 것이란 스님의 지적은 그대로 들어맞았습니다. 새만금 사업은 결국 멈추지 않았습니다. 2024년 현재 매립지는 폐허처럼 버려져 있습니다. 2023년에는 세계잼버리대회를 졸속으로 준비했다가 세계적으로 망신을 당하고 말았습니다. 정부는 지금 그곳에 대규모 신공항을 짓겠다는 계획을 세우고 있습니다. 4대강 개발, 경인운하, 가덕도 신공항을 비롯해 전국 각지에서 '새만금 사업'이 기승을 부립니다. 개발과 성장의 망령이 여전합니다.

문규현 신부님은 다음과 같이 소회를 밝혔습니다. "막막하게 시작했던 삼보일배 여정을 은총과 기쁨으로 채우고 단순함과 충만함 속에 마칠 수 있었습니다. 눈앞의 결과로만 따지자면 허망하기 그지 없는 일. 하지만 보이지 않게 또 길게 보면 우리는 어쩌면 얻을 것을 다 얻었습니다. 이 모든 것이 생명과 평화를 향한 자신의 사랑을 표현하기로 작정한 여러분 덕입니다."

그렇습니다. '이겨서 지는 싸움'이 있는가 하면 '져서 이기는 싸움'이 있습니다. 전자가 자본과 권력의 근시안적 욕망의 표출이라면, 후자는 멀리 내다보는 시민들의 비폭력 불복종 운동입니다. 이때 시민은 누구일까요. 다름 아닌 생명과 평화를 위해 '자신의 사랑을 표현'하는 시민, 곧 주권자 시민입니다. 성찰하고 표현하는 깨어난 시민이 '모두의 미래'를 열어 나가는 주체입니다.

3.

2008년 오체투지는 2003년 새만금에서 서울까지 이어진 삼보일배의 심화이자 확대입니다. 그사이 사태가 개선되기는커녕 악화되었기 때문입니다. 다들 기억하시겠지만, 2008년 당시 정국은 암담했습니다. 광우병 사태로 인해 시민들이 건강권을 요구하며 촛불을 들었지만 이명박 정권은 국민의 당연한 권리를 존중하지 않았습니다.

개발과 성장 제일주의의 횡포는 더욱 거세졌습니다. 사회적 약자의 생존권이 바닥을 치는 가운데 빈익빈 부익부를 가속화하는 민영화가 일방적으로 추진되었고, 한반도 대운하 사업이 반대에 부딪치자 4대강 개발로 둔갑시켜 강행하는가 하면, 서울 용산에서는 철거민이 공권력에 의해 목숨을 잃었습니다. 남북 관계는 다시 냉전 상태로 돌입했고 설상가상으로 미국발 금융 위기가 닥쳤습니다. 최병성 목사가 지적했듯이 "경제는 10년 전으로, 정치는 20년 전으로, 이념은 30년 전으로 후퇴"한 상황이었습니다. 그럼에도 대다수 국민은 '돈의 논리'에 포획되어 있었습니다. "부자 되세요"라는 광고 카피가 무슨 인사말처럼 오가던 시기였습니다.

다시 멈춰 서서 삶과 세상의 안팎을 깊이 살펴야 하는 위기 국면이었습니다. 2008년 9월~11월, 그리고 이듬해 3월~6월 문규현 신부님과 수경 스님이 또 한 번 손을 잡았습니다. 이번에는 천주교정의구현전국사제단 대표를 맡았던 전종훈 신부님이 가세했습니다. 지리산 노고단에서 출발해 계룡산을 거쳐 임진각 망배단(원래 계획은 북녘 묘향산까지)에 이르는 한반도 남녘 종단 오체투지가 진행된 것입니다. '사람의 길, 생명의 길, 평화의 길'을 기치로 내걸고 124일 동안 날마다 천 배를 올리며 총 355킬로미터를 완주했습니다.

성직자들이 순례를 시작할 때 한 신문은 사설을 통해 이렇게 밝혔습니다. "우리 사회의 위기는 경제난에서 비롯된 것만은 아닙니다. 오히려 사랑과 자비, 신뢰와 존중 등 인간적 가치의 파괴에서 더 큰 위기가 닥칩니다. 정부는 생명보다 돈을 중시하고 (…) 코흘리개 아이들마저 무한 경쟁의 정글로 밀어넣었습니다. 물신의 폭력이 날로 위세를 떨치는 가운데 사람과 생명, 평화를 찾아 떠나는 것이기에 신이 보시기에도 아름다울 것입니다." 신뿐 아니라 인간들이 보기에도 오체투지는 아름다웠습니다. 아니, 아름다움을 넘어 엄숙하고 경건했습니다. 비장하고 거룩했습니다.

오체투지는 세상에서 가장 낮은 자세로 임하는 기도이자 순례입니다. 두 발로 서고 두 손을 자유롭게 움직이면서 인간은 '만물의 영장'으로 올라섰다고 자부했지만 그것은 큰 오해이자 무지였습니다. 인류는 물질적 풍요와 편리를 위해 자기 생명의 원천인 천지자연을 지배하는 폭군으로 변해 버렸습니다. 앞에서도 언급했지만 인류는 하늘과 땅과 멀어지면서 거만해졌습니다. 자기 안의 영성을 일깨우지 않은 탓에 스스로 반성하고 타자와 공감하는 능력이 현저하게 낮아졌습니다.

도종환 시인은 한 에세이에서 오체투지에 남다른 의미를 부여합니다. 그 일부를 발췌합니다. "대지에 절한다는 것은 대지를 높이고 나를 낮추는 것입니다. 대지에 절한다는 것은 천지만물을 향해 참회한다는 것입니다. 대지에 절한다는 것은 땅과 하늘에 기원하는 것입니다." 그리고 다음과 같이 덧붙입니다. "정작 절해야 할 사람들이 절하지 않으므로 스님과 신부님들이 대신 절합니다. 매 맞아야 할 사람들이 회초리를 피하고 있으므로 대신 매를 맞습니다."

그렇습니다. 순례의 맨 앞에 선 성직자뿐 아니라 자발적으로 오체투지에 참여한 많은 시민이 스스로 자신을 낮추고 대자연을 높였습니다. 천지자연에 대해 저지른 죄를 뉘우치고 거듭나겠다고 각오를 다졌습니다. 김인국 신부는 "힘 있고 돈 있는 사람은 기도하지 않는다"라고 지적했습니다. 우리가 잘 알듯이 가진 자들은 더 가지려고 할지언정 나누려 하지 않습니다. 못 가진 자들을 인간 이하로 취급합니다. 분명히 '있는'데도 '없는 존재'로 여깁니다. 다른 생명들에 대해서도 마찬가지입니다. 모든 것이 땅에서 온다는 엄연한 진리를 인정하려 들지 않습니다.

2008년 9월 4일 지리산 노고단에서 출발한 1차 오체투지는 53일째인 10월 26일 계룡산 신원사에서 일단락됐습니다. 1킬로미터를 가는 데 두 시간 넘게 걸리는, 세상에서 가장 느린 길. 하루에 4킬로미터 이상을 갈 수 없는 극한의 고행. 삼보일배와는 비교가 안 되는 고통이었습니다. 순례단 일지에는 이런 기록이 남아 있습니다. "어느 날은 새벽에 밥하러 나왔는데 차(숙소) 안에서 '내 다리 잘라 줘', '내 팔 잘라 줘' 하면서 앓는 소리가 들리는 거예요. (성직자들이) 너무 아프니까 자면서 비명 소리를 내는 거예요. 눈물이 벌컥 솟았어요." 전종훈 신부님은 순례 전 수술한 오른팔에 통증이 여전했고, 수경 스님은 무릎 연골이 다 닳았으며, 문규현 신부님 또한 극도로 쇠약한 상태였습니다.

문규현 신부님은 "오로지 '한 번의 절'에만 집중해야 합니다. 얼마를 갔는지, 얼마를 더 가야 하는지는 중요하지 않습니다. 그거 생각하면 기막히고 아득합니다. 겁나서 못 갑니다"라고 말했습니다. 그러면서도 아스팔트 위에서 희열을 느끼곤 했습니다. "내가 흙이요 땅이고, 벌레요 풀이고, 또 그것들이 내가 돼 버리는 순간, 지구 중심 저 어딘가로 쑥 흡수되는 것 같기도 한 순간, 자연 그 모든 것 앞에 '다 내맡기오' 하고 항복하는 순간에 때로 희열을 느끼게도 됩니다."

삼보일배 때와 다름없이 이번에도 학생, 교사, 종교인, 시민운동가,

지역 주민, 학자, 행인 등 많은 시민이 순례 행렬에 동참하거나 응원을 아끼지 않았습니다. 순례단 지원팀에는 한국에서 고국 미얀마의 민주화를 위해 활동하는 마웅저 씨가 참여해 교통 통제를 맡기도 했습니다. 자발적으로 참여한 시민들은 성직자와 달리 세 걸음 걷고 반배를 올리면서 각자 성찰하는 시간을 가졌습니다. 아버지와 함께 대열에 참여한 한 중학생은 "학교에서는 생각해 보지 못한 질문을 하게 됐습니다. '나는 누구인가, 내가 왜 걷는가'라고 묻게 되었습니다" 하고 말했습니다.

서울에서 달려온 한 참가자는 오체투지의 근본 취지를 다음과 같이 풀어 냈습니다. "스스로 부끄럽지 않은 것이 사람의 길이고, 자신과 남의 생명을 소중히 여기는 것이 생명의 길이요, 누구나 평등한 삶이 평화의 길입니다." 길 위에서 잠시 쉬는 시간이나, 하루 십 리 길 순례를 마치면 참가자들이 특정 주제를 놓고 이야기를 나누곤 했습니다. 예컨대 '나의 희망'에 관해 이런 답들이 나왔습니다. "안전하고 평화롭고 행복하게 사는 것", "먼저 나부터 변화하고 세상이 변화하기를", "느림을 배우기를", "모든 사람이 희망을 가질 수 있기를…."

학자에게 오체투지는 무엇이었을까요. 이주향 교수(수원대)에게 그것은 "모든 것을 내려놓고 본질적인 것을 향해 시선을 안으로 거두는 시간"이었습니다. 이 교수는 온몸을 땅에 던지며 기도하면 인간, 호흡, 바람, 생명이 하나가 된다며 이렇게 말합니다. "그 호흡 속에서 우리가 혹했던 (장사치의) 숫자가 날아가고 지식이 날아갑니다. 집착이 녹고 권위가 녹습니다. 모든 것이 하나가 됩니다. 강물은 몸 밖의 피이고, 산은 몸 밖의 폐입니다. 우리는 모두 한 몸이어서 네가 아프면 내가 아픕니다."

이현주 목사는 한 신문에 실은 글에서, 세 성직자가 전하는 메시지는 "온갖 경제 지표들의 공갈에 속지 말고, 이제라도 늦지 않았으니 하늘로 땅으로 귀의하라는 것입니다"라며 하늘과 땅에 깃든 크낙한 뜻을 전합니다. "하늘은 누군가요? 자신은 어디에도 없으면서 모든 것을 있게 하는 가없는 허공입니다. 땅은 누구인가요? 가장 낮은 곳에 처해 저에게로 오는 모든 것을 취사선택 없이 받아 주는 바탕입니다. (…) 하늘과 땅을 닮아 가는 바로 거기에 참 생명이 숨 쉬고 참 평화가 피어납니다."

오체투지는 124일째 되던 2009년 6월 6일, 임진각 망배단에서 1,000여 명의 순례단과 함께 마무리되었습니다. 북한에서는 초청장을 보내 왔지만 통일부는 방북을 허가하지 않았습니다. 순례단의 '일일 소식'은 휴전선 앞에서 발길을 돌리며 다음과 같은 소감을 전합니다. "사람의 길, 생명의 길, 평화의 길을 찾아가는 순례길을 만든 주인공은 하루 일상을 살아가며 우리 사회의 희망을 찾고자 하는 수많은 국민이었습니다"라고 밝혔습니다. 이어 "공존과 상생의 이치를 포기한 세상에서도 순간순간 경이로운 모습을 보여 준 시민들과 자연은 그 자체로 순례단의 스승"이 었다며 온몸을 땅에 던지며 지나온 천 리 길의 의미를 되새겼습니다.

4.

성직자와 시민들이 함께한 삼보일배-오체투지는 이후 시민 사회로 번져 나갔습니다. 가장 느린 속도로, 가장 낮은 자세로, 침묵(묵언)으로 자신의 의사를 표현하는 삼보일배와 오체투지는 더는 불가佛家 고유의 수행법이 아니었습니다. 갖가지 불합리와 모순에 항거하는 시민들의 '새로운 표현 방식'으로 자리 잡았습니다. 노동자는 물론 전문직 종사자도 삼보일배와 오체투지를 통해 자신의 의사를 밝혔습니다. 시위 방식이 크게 바뀐 것입니다.

불법과 불의를 참지 못해 거리로 나서는 시민의 직접 행동은 정당한 권리 행사입니다. 그간의 시위는 폭력적이거나 자극적일 수밖에 없었습니다. 권력과 자본의 횡포가 그만큼 완악했기 때문입니다. 화염병을 들어야 했고, 높은 곳으로 올라가야 했습니다. 단식을 하거나 삭발을 해야 했습니다. 시위대의 규모를 늘려야 했고 더 크게 외쳐야 했습니다. 하지만 삼보일배 이후, 시민 사회의 생각이 달라졌습니다. 비폭력 불복종을 다시 보게 된 것입니다.

비폭력은 무기력이 아닙니다. 비폭력은 '폭력이 아닌 힘'입니다. 정당한 분노이고 뜨거운 눈물입니다. 기도입니다. 불복종은 '불의에 대한 불복종'입니다. 시민의 권리 주장이고 변화에 대한 의지입니다. '진실에 대한 복종'이 불복종입니다. 그래서 불복종은 희망입니다. 루소는 '스스로 법을 만들고 그 법을 준수하는 자가 자유인'이라고 정의한 바 있습니다. 그렇습니다. 삼보일배에 내포된 비폭력 불복종 정신은 정의롭지 못한 법과 제도, 정책, 관행을 바로잡고 더 나은 세상을 추구하는 자유인, 즉 주권자 시민의 창의적 직접 행동입니다.

삼보일배가 주권자 시민의 탄생에 기여한 것만은 아닙니다. 긴 설명이 필요 없지만 '종교 간 화해와 실천'의 모범을 보인 것입니다. 종교 간

벽은 이념이나 지역, 빈부, 세대 간 벽 못지 않게 완강합니다. 심지어 가톨릭을 이단시하는 일부 기독교인들이 있을 정도입니다. 삼보일배는 종교 간 벽 허물기를 넘어 이 시대 종교의 사회적 역할을 제시한 좋은 사례이기도 합니다. 온몸을 땅에 던지며 참회하는 성직자의 모습은, 자본과 권력의 파행을 바로잡으려 하기는커녕 권위주의와 규모의 경제를 적극 수용하는 일부 거대 교단의 모습과 대비되어 더욱 도드라집니다.

삼보일배 행렬이 경기도 안양을 지날 때, 마중 나온 리영희 교수의 고백을 오래 기억하고 싶습니다. "나는 부처님, 예수님은 믿지만 성직자에게는 불신이 있었습니다. 기대가 없었습니다. 그런데 텔레비전에서 삼보일배하는 모습을 보면서 '아, 그래. 저것이 불교의 자비지, 하느님의 사랑이지, 희망이지' 하면서 울었습니다. 그래서 나왔습니다." 리 교수는 순례자들의 손을 부여잡고 눈물을 흘렸습니다. 그리고 걷는 것조차 힘든 몸이었는데도 지팡이를 짚고 한참을 함께 걸었습니다.

그렇습니다. 우리가 잃어버린, 아니 도둑맞은 영성을 회복하는 일이 절실하고 시급합니다. 종교뿐 아니라 우리 모두에게 필요한 것은 영성 중에서도 '사회적 영성'입니다. 우리 사회에 사회적 영성 개념을 처음 제시한 박명림 교수에 따르면 사회적 영성이란 "우리들 삶의 본원적 가치의 회복을 위해 공동체를 바르게 사랑하는" 것이며 사회적 영성의 주체는 '깨어 있는 시민'입니다. 그렇다고 종교가 배제되는 것은 아닙니다(신학자 장경일 교수의 칼럼 〈왜 사회적 영성인가〉에서 재인용).

생태 영성, 탈종교 영성과 멀지 않은 사회적 영성은 종교에게 사회적 책임과 역할을 부여하고, 시민들에게는 더욱 장기적이고 심층적인 관점을 갖도록 합니다. 삼보일배와 오체투지가 증명했듯이, 사회적 영성이 종교를 종교답게, 시민을 시민답게 만드는 원동력입니다. 종교가 먼저 사회적 영성을 구현한다면 정치와 경제는 물론 의료, 교육, 문화 등 인간을 둘러싼 모든 '환경'이 일대 전환을 이룰 것입니다. 사람, 생명, 평화의 길은 그때 활짝 열릴 것입니다.

5.

온 세상의 생명 평화를 위한 사람의 길, 문명의 길은 무엇일까요. 삼보일배−오체투지가 던진 화두는 우리 모두가 해결해야 할 근본 과제입니다. 사람의 길, 생명의 길을 새롭게 열어 나가지 못한다면 우리에게 '온 세상의 평화'는 불가능할 것이기 때문입니다.

앞길을 가로막는 장벽은 분명히 보이는데 벽을 넘어가거나 무너뜨리기가 쉽지 않습니다. 벽에다 문을 내기조차 여간 어렵지 않습니다. 생태−환경 위기의 주범으로 꼽히는 국가(들)와 기업들이 환골탈태할 것이란 기대는 사막이 열대 우림으로 바뀌기기를 기다리는 것보다 난망한 일일 것입니다. 역사가 증명하듯이, 권력과 자본은 스스로 반성하지 않습니다. 언제나 그랬듯이 시민이 나서야 합니다. 시민 각자의 각성과 사회 전반의 실천이 상승 작용을 일으켜야 합니다. '성찰'하는 시민들이 자기 의사를 '표현'해야 합니다. 성찰이 관찰에서 통찰로 이어지는 지적−영적 깨어남이라면, 표현은 성찰의 과정과 결과를 사회적으로 공유하는 실천하는 집단 지성입니다.

김은실 교수는 《불교환경》에 기고한 글에서 "오체투지 순례는 새로운 사회를 욕망하는 윤리적 감수성을 지닌 새로운 윤리적 주체가 만들어지는 중요한 장場"이라며 '몸 수행'의 의미를 높이 평가했습니다. 종교적 수행이 일반 시민으로 하여금 "정치성과 급진성"을 갖도록 한다는 것입니다. 땅에 엎드려 하늘과 땅, 사람과 생명의 의미를 재발견하는 시민의 몸은 이미 "기존 사회에 대한 저항이며 대안이고, 다른 가능성"이라는 것입니다.

'정치성과 급진성'은 다르면서도 같은 말입니다. 기왕의 정치 개념으로는 급진적이고 근본적인 변화를 도모할 수 없습니다. 국가와 국민의 틀에 갇힌 현실 정치로는 미래를 준비할 수 없습니다. 사회적 약자와 이주민은 물론 동식물을 포함한 비인간 존재가 배제되기 때문입니다. 남미와 유럽 일부 국가에서는 벌써부터 '동물권'을 헌법에 포함시켰습니다. 뉴질랜드 같은 경우, 한 걸음 더 나아가 강江에 법인격을 부여했습니다.

민주주의는 여전히 미성숙 단계입니다. 대의제와 양당제가 민주주의의 핵심이라고 이해하는 한 주권자 시민의 존엄을 기대하기 어렵습니다. 선거와 다수결, 주권 위임으로 대표되는 민주정은 사실 과두정과 다르지 않습니다. 정치가 소수 엘리트의 기득권을 지키기 위한 권모술수로 전락한 것입니다. 이들에게 10년, 20년 뒤의 미래는 안중에도 없습니다. 호세 무히카 전 우루과이 대통령은 "지금 우리 인류가 직면한 진짜 위기는 환경 위기가 아니라 정치의 위기"라고 간파한 적이 있습니다. 그렇습니다. 환경을 포함한 모든 위기의 출발점이자 귀착점이 정치입니다. 정치를 빙

자한 정치 같지 않은 정치.

결국 자본과 권력의 강고한 장벽에 균열을 내는 것은 시민의 각성과 연대 말고는 없어 보입니다. 민주주의를 바로 세우는 일이 사람의 길, 생명의 길, 평화의 길을 열어 나가는 가장 빠른 지름길입니다. 그러기 위해 끊임없이 성찰하고 표현해야 합니다. 이것이 삼보일배와 오체투지가 지금 우리에게 던지는 메시지가 아닐까 생각합니다.

시간이 없습니다. 평화로 가는 길이 갈수록 좁아지고 있습니다. 기후 재앙과 6차 대멸종, 4차 산업 시대가 뒤엉키며 미래에 대한 불확실성을 가중시키고 있습니다. 인류가 '전시 상태'에 돌입했으니 전시 체제로 전환해 대응해야 한다는 제안이 과장된 소리로 들리지 않습니다. 시대와 문명이 기로에 서 있습니다. 개개인의 삶도 마찬가지입니다. 이대로 가다가 공멸할 것인가, 아니면 온 세상 평화를 위해 '전환의 주체'로 거듭날 것인가.

길은 문이기도 하지만 때로 벽으로 돌변합니다. 벽이 앞을 가로막을 때, 그때 문을 내야 합니다. 질문을 부여안고 기도할 때입니다. 참회 기도만큼 강렬한 희망은 없습니다. 함께하는 기도가 문을 냅니다. 아니 함께하는 기도 자체가 문이고 길일지 모릅니다.

신학자 라인홀드 니버의 기도문을 옮기며 두서없는 글을 맺고자 합니다. 삼보일배와 오체투지 정신을 되살리는 또 하나의 계기가 되었으면 합니다.

하느님, 우리에게 바꿀 수 없는 것을 받아들일 수 있는 평온을 주소서.

우리가 바꿔야 할 것을 바꿀 수 있는 용기를 주소서.

무엇보다 저 둘을 구별할 수 있는 지혜를 우리에게 주소서.

시인, 경희대 후마티타스칼리지 교수

이문재

_인용·출전
_오체투지 순례단 진행팀
_2008~2009 오체투지 참여자 명단

인용·출전

오체투지 1차

032 : 사설 〈스님, 신부님, 목사님의 아름다운 동행〉 중. 《한겨레》 2008년 9월 4일

033 : 문규현 신부 〈진리가 너희를 자유롭게 하리라〉 중. 2008년 9월 2일

036~037 : 수경 스님 〈사람의 길, 생명의 길, 평화의 길을 찾아서…〉 중. 2008년 9월 2일

038 : 문규현 신부 〈진리가 너희를 자유롭게 하리라〉 중. 2008년 9월 2일

042 : 이현주 목사 〈지리산 천고제 연대사〉 중. 2008년 9월 4일

043 : 이원규 시인 〈역주행 한반도여 대체 어디로 가는가〉 중. 2008년 9월 4일

048 : 문규현 신부 〈생명과 평화를 향한 기도문〉 중. 2008년 9월 4일

054 : 문규현 신부 〈상호고백과 돌봄 속에서 이루는 공동체〉 중. 신부님 블로그 2008년 9월 7일

055 : 명호 진행팀, 세상과함께 백서팀 인터뷰 중

056 : 최병성 목사 〈목숨 건 오체투지 "힘들다, 하지만 길을 찾아 떠난다"〉 중. 다음 카페 생명과 평화를 지키는 사람들 2008년 9월 7일

060 : 조항우 진행팀, 세상과함께 백서팀 인터뷰 중

064~066 : 문규현 신부 〈기쁨과 희망 다지는 명절 되시기 바랍니다〉 중. 신부님 블로그 2009년 9월 13일

067 : 이정훈 대구. 참가자 인터뷰 2009년 9월 24일

074 : 조항우 진행팀. 세상과함께 백서팀 인터뷰 중

075 : 강화정 교사. 부산. 참가자 인터뷰 2008년 10월 2일

078 : 순례단 일일 소식과 류우종 기자 〈앞으로 가려면 몸을 낮춰야지〉 중. 한겨레21. 2008년 10월 10일

080 : 장재원 진행팀. 세상과함께 백서팀 인터뷰 중

081 : 가섭 스님 실천불교전국승가회. 참가자 인터뷰 2008년 10월 1일

082 : 김평 경기 고양. 참가자 인터뷰 2008년 10월 4일

082 : 우복녀 강원 강릉. 참가자 인터뷰 2008년 10월 3일

084 : 도의정 서울. 참가자 인터뷰 10월 4일

084 : 김용암 서울. 참가자 인터뷰 10월 2일

085 : 박예분 아동문학가. '오체투지 순례단 맞이 행사(전주 아중역 광장)에서 낭송한 시 〈자벌레들의 오체투지 순례〉 중. 2008년 10월 3일

087 : 문규현 신부 〈힘내세요〉 중. 신부님 블로그 2008년 10월 5일

088 : 김하나 기자 〈'오체투지' 직접 해 보니… "바람이 못 넘을 산 없다"〉 중. 《프레시안》 2008년 10월 6일

094 : 명계환 순례단 기수. 참가자 인터뷰 2008년 10월 10일

095 : 남교용 울산. 참가자 인터뷰 2008년 10월 10일

097 : 이부영 전 국회의원 격려사 〈고행 기도는 말씀의 믿음을 요구하는 일〉 중. 전주 치명자산 성지 '생명과 평화를 위한 미사' 2008년 10월 11일

100 : 문규현 신부 〈멈추십시오, 사색하고 귀 기울이십시오〉 중. 신부님 블로그 2008년 10월 12일

102 : 문정현 신부. 김하나 기자 〈문정현 "오체투지, 시대의 아픔을 함께 하는 것"〉 중. 《프레시안》 2008년 10월 14일

104 : 김인국 신부. 참가자 인터뷰 2008년 10월 13일

105 : 호법행 화계사 신도회장. 참가자 인터뷰 2008년 10월 13일

109 : 이정옥 참가자 인터뷰 2008년 10월 15일

110 : 박혜원 서울. 참가자 인터뷰 2008년 10월 15일

112 : 김일회 신부. 참가자 인터뷰 2008년 10월 17일

112 : 김도숙 전주 전주평화동성당 신도. 참가자 인터뷰 2008년 10월 17일

117 : 박인숙 부여 비로사 신도. 참가자 인터뷰 2008년 10월 21일

119 : 진화 스님 봉은사. 참가자 인터뷰 2008년 10월 22일

120 : 최유진 진행팀 영상 담당. 세상과함께 백서팀 인터뷰 중

122 : 정동수. 참가자 인터뷰 2008년 10월 24일

123 : 하종훈·김영롱 기자 〈오체투지 해 보니… "겸손 배웠어요"〉 중.《서울신문》2008년 10월 27일

125 : 김은실 이화여대 여성학과 교수.〈새로운 주체성을 생성하는 몸수행으로서의 오체투지〉 중.《불교환경 2009》2009년 2월 10일

오체투지 2차

130~131 : 문규현 신부〈우보천리牛步千里, 오체투지 기도순례를 다시 떠나며〉 중. 2009년 3월 27일

132~134 : 수경 스님〈오체투지 기도 순례를 떠나며〉 중. 2009년 3월 27일

137 : 전종훈 신부〈오체투지 순례 스님·신부들〉 중. 연합뉴스 2009년 3월 20일

138 : 박남준 시인〈생명과 평화로 가는 길을 잃지 않았으니〉 중

140 : 신경림 시인〈가장 낮은 자리에서 우리 모두 하나가 되어서〉 중

142 : 이주향 수원대 교수〈너는 온몸을 던져 본 일이 있느냐〉 중. 한겨레 2009년 4월 4일

144 : 이현주 목사〈하늘과 땅의 심부름〉 중. 한겨레 2009년 4월 10일

153 : 조성일 공주. 참가자 인터뷰 2009년 4월 1일

153 : 박용훈 진행팀 사진 기록. 세상과함께 백서팀 인터뷰 중

154 : 김형권 진행팀. 참가자 인터뷰 2009년 4월 2일

155 : 임영 대전 시민. 참가자 인터뷰 2009년 4월 5일

157 : 이데레사 수녀. 전남 강진 사랑의 씨튼 수녀회 수련소. 참가자 인터뷰 2009년 4월 6일

160 : 송인화 부여. 참가자 인터뷰 2009년 4월 10일

162 : 송백지 남방문화연구소장. 참가자 인터뷰 2009년 4월 11일

163 : 구본국 신부. 부여성당. 참가자 인터뷰 2009년 4월 11일

165 : 김명진 청주. 참가자 인터뷰 2009년 4월 13일

166 : 장혜신 교무, 강경. 참가자 인터뷰 2009년 4월 15일

167 : 신세균·신현종 부자 원주. 참가자 인터뷰 2009년 4월 16일

173 : 이시희 대전. 참가자 인터뷰 2009년 4월 19일

174 : 이종래 아산. 참가자 인터뷰 2009년 4월 19일

175 : 임진삼 호주 시드니. 참가자 인터뷰 2009년 4월 20일

176 : 김인국 신부 〈세 순례자의 혁명〉 중. 《한겨레》 2009년 4월 18일

178 : 심희선 환경정의 생명의물센터. 참가자 인터뷰 2009년 4월 23일

180 : 청화 스님 〈눈부신 것의 승화를 위한 매질〉 중. 《한겨레》 2009년 4월 24일

182 : 장경훈 화성오산생명평화포럼. 참가자 인터뷰 2009년 4월 24일

184 : 박종구 전주. 사랑짓는요십이. 참가자 인터뷰 2009년 4월 26일

184 : 한은주 평택. 참가자 인터뷰 2009년 4월 29일

190 : 강은숙 안산. 참가자 인터뷰 2009년 5월 1일

190 : 김은정 평등교육실현을위한안산학부모회. 참가자 인터뷰 2009년 5월 1일

194 : 한광석 고양. 참가자 인터뷰 2009년 5월 2일

195 : 장창원 목사, 오산노동문화센터. 참가자 인터뷰 2009년 5월 2일

197 : 이경님 대전. 주말마다 부부 함께 참석. 참가자 인터뷰 2009년 5월 3일

197 : 김준석 고등학교 2학년. 참가자 인터뷰 2009년 5월 3일

198 : 나승구 신부. 참가자 인터뷰 2009년 5월 3일

200 : 남휘현 남양주 산돌학교. 참가자 인터뷰 2009년 5월 4일

204 : 박진 다산인권센터. 참가자 인터뷰 2009년 5월 8일

205 : 장윤호 교사, 과천. 참가자 인터뷰 2009년 5월 9일

206 : 고경이 중국 톈진. 참가자 인터뷰 2009년 5월 10일

208 : 양길승 녹색병원 원장. 참가자 인터뷰 2009년 5월 10일

209 : 혜자 도선사 주지 스님. 참가자 인터뷰 2009년 5월 17일

210 : 유종준 과천. 참가자 인터뷰 2009년 5월 14일

211 : 김혜영 용인 수지. 참가자 인터뷰 2009년 5월 14일

216 : 수경 스님 〈오체투지, 세상에 대한 감사 기도-순례길에서 부친 수경 스님 편지〉《법보신문》 2009년 5월 18일

222 : 법륜 스님, 정토회. 2009년 5월 15일

230 : 김인국 신부. 명동성당 시국 미사 강론 중. 2009년 5월 21일

233 : 현각 스님. 조계사에서 열린 시국 법회 호소문 중. 2009년 5월 21일

234 : 청화 스님, 조계사 시국 법회, 법어 낭송 전 발언과 시국 법어 〈오체투지〉 중. 2009년 5월 21일

239 : 문규현 신부 〈자갈밭 끌어안고 가시밭길 뒹구는 듯 고통스럽습니다〉《프레시안》 2009년 5월 28일

242 : 김행철 진행팀 차량 담당 2009년 5월 29일

244 : 도종환 시인 〈절하며 가는 길〉 중. 2009년 5월 30일

246 : 김선아 파주. 참가자 인터뷰 2009년 5월 31일

247 : 법인 스님. 실상사 화엄학림 학장. 참가자 인터뷰 2009년 6월 3일

248 : 박형선 일산. 참가자 인터뷰 2009년 6월 1일

249 : 김영근 김포 하늘씨앗살이학교 교장. 참가자 인터뷰 2009년 6월 3일

254 : 〈생명의 눈으로 평화의 마음으로 사람의 길을 찾아서〉 중. 순례단 일일 소식. 2009년 6월 5일

257 : 수경 스님. 임진각 회향 천도재 발원문 중. 2009년 6월 6일

260 : 문규현 신부 〈124일 천 리 길, 세상 가장 낮은 자세로 왔습니다〉 중.《오마이뉴스》 2009년 6월 12일

* 본문의 여러 글 중 【인용·출전】을 밝히지 않은 부분은 당시 진행팀의 수고롭고 고마운 기록 등을 참조했음을 밝힙니다. 당시 진행팀은 새벽까지 당일 순례 관련 기록을 촘촘히 정리해 사회에 알려 주었습니다.
* 더불어 당시 순례에 참여했던 여러분이 20여 년 동안 소중한 기록을 보관해 왔고, 이 책의 정리를 위해 모든 자료를 내주셨습니다. 그 세세한 기록과 자료 보관과 제공으로 이 책이 나올 수 있었습니다. 고맙습니다.
* 삼보일배·오체투지 운동의 첫 시작을 대중적으로 기록하고 알리고자 (사)세상과함께에서는 그간 자료 수집과 인터뷰 등을 진행해 왔습니다. 모든 공적 자료는 (사)세상과함께 누리집에 사이버자료관 등을 구축해 누구나 공유하도록 할 계획입니다.
* 출전의 저자명과 직함 등은 기록산문집의 취지에 충실하고자 당시 기록된 원문 그대로 살렸습니다.
* 혹여 미처 기록자를 알지 못해 빠뜨린 출전은 보완해 재판에 싣겠습니다. 당사자거나 당사자를 아는 분은 (사)세상과함께 또는 출판사로 연락해 주시면 감사하겠습니다.

오체투지 순례단 진행팀

* 오체투지 대표 순례자 : 문규현 신부(전주 전주평화동성당) 수경 스님(조계종 화계사 주지, 불교환경연대 상임대표) 전종훈 신부(천주교정의구현전국사제단 대표 신부)

* 순례 진행팀 : 김행철 김형권 김호영 김희흔 명계환 명호(진행팀장) 박용훈 송정희 송희철 윤병일 이민규 장재원 전건호 전제우 조항우 지관 스님(총괄 단장) 혜수 스님 홍숙경

* 기획단 : 김영식 신부 김인국 신부 김진화 신부 맹제영 신부 명호 이원규 시인 정우식 조항우 지관 스님 현각 스님

* 영상(1차 오체투지) : 지금종 최유진

* 김병권 김세열 수브라 이규창 이창건 정재권 씨는 진행팀을 보조해 여러 역할을 해 주었습니다. 그 외 많은 분이 자원봉사자로 참여해 주었습니다.

2008~2009 오체투지 참여자 명단

가섭스님(전국불교실천승가회) 강덕희(대전) 강미숙(서울) 강상근외15명(전주평화동성당) 강상원(평택연대) 강석훈(임실) 강성갑(부천) 강수희(불교환경연대) 강순애외4명(남원선원사) 강신구신부외2명(서울광장동성당) 강완묵(임실농민회) 강우식(맑은한강보존주민연대기획위원) 강은주(서울) 강인경외2명(서산) 강정근신부(안성미리내성지) 강철영(군산) 강현석외2명(서산) 강현숙(전주) 강화정(부산금정여고교사) 고경이(중국) 고세정(Apec산업전략연구원소장) 고양자유학교6학년학생전원5명 고정배신부(원주고한성당) 공안젤라외2명(인천) 곽문진(대구) 관미스님(화계사 외국인스님) 구본국신부외20명(부여성당) 구중서(평화바람) 국은미외2명(봉동성당) 권명숙(용산참사유가족) 권선학외20명(논산늘푸른나무) 권용섭외1명(김포용화사) 근성교신부(인천서운동성당) 금연화(대전) 길상득외2명(안양) 김경애(지리산산내) 김경일교무 김경태(오수) 김경희(논산내동성당) 김경희(신덕면물패) 김경희(임실성당) 김계선(신덕풍물패) 김계숙(대전) 김광철목사(구례수평교회) 김규봉신부(천주교창조보전연대) 김규화(전주) 김균순(천주교환경사목위원회) 김금희(호성동성당) 김기곤신부외5명(전주교구나바위성당) 김기철외7명(라디오인) 김길수(지리산산내) 김난수(대전) 김남순(강화) 김남중외7명(마중물) 김대성(광주호남신학대학원) 김도현(장수) 김동건외35명(참여불교재가연대) 김동균(구례) 김동언 김동일외3명(서울) 김동일(파주) 김만종목사(서울) 김명석(용인) 김명숙(화계사) 김미경(서울) 김미숙(대전) 김미영외5명(마중물) 김미영외6인(고양아다지오) 김미현 김민웅목사외2명(서울) 김민화(부산) 김범용(남원) 김병권외10명(라디오인) 김병상(기쁨과희망사목연구소이사장) 김병옥(대전) 김병용외2명(전북시설인권연대) 김선아외2명(파주) 김선옥 (강북구청) 김선우외6명(전주평화동성당) 김선임(서울) 김선자(원주부론성당) 김선자(용인천리성당) 김선주(전주) 김선희(구례) 김선희(노삼모) 김세리(구례) 김세열(서울) 김소연외1명(산본) 김솔이외5명(생명평화마중물) 김수돈(전주평화동성당) 김순옥수녀외1명(포교성베네딕또수녀회) 김순호(전의성당) 김영근신부외10명(김포하늘씨앗살이학교) 김영덕(용산참사유가족) 김영란외1명(남원생협) 김영례(상관성당) 김영선신부외5명(광주) 김영숙(남원) 김영식신부외20여명(천주교정의구현전국사제단) 김영혜외3명(안동성당) 김영호외3명(전주한올생활협동조합) 김영희(서울살레시오수녀원) 김예슬외4명(대학생나눔문화) 김옥기(오수성당) 김옥정외41명(정토회) 김옥형수녀(원죄없으신마리아교육선교수녀회) 김완식(상관성당) 김용구(서울) 김용남(전교조전북지부) 김용암(서울) 김용환(평택) 김용휘(고려대연구교수) 김운주(대전) 김운주(전주) 김원화(강경원불교) 김위진(영주) 김윤덕외3명(김포용화사) 김윤석신부(천주교인천교구) 김은규(부산전교조) 김은배외3명(라디오인) 김은숙(대전진잠성당) 김은정외1명(안산) 김은정(오산) 김은화(경기광주) 김이수(퇴촌) 김이진(서울) 김인경교무외2명(잠실교당) 김인국신부외28명(청주금천동성당) 김인자(홍천) 김일재(분당) 김일회신부(천주교인천교구) 김자경(맑고향기롭게) 김재일대표외여러분(사찰생태연구소) 김정미외1명(수원) 김제남외4명(녹색연합) 김종성신부(천주교인천교구) 김종순(전주송천동) 김종완외27명(전주평화동성당) 김종욱(아산) 김종촌(완주군경천면) 김중길(전북5·18동지회) 김중순(솔내성당) 김중행(불교환경연대) 김지선외3명(성심수녀회) 김지성(전교조전북지부) 김지수(서울) 김지연외3명(전주평화동성당) 김지하시인 김지훈외2명(서울) 김지훈(순천) 김진원(부안) 김진화신부(전주우림성당) 김진효(경기화성농협) 김찬순외7명(화계사합창단) 김창석외21명(늦봄문익환학교) 김카타리나외5명(논산사랑의씨튼수녀회) 김태경외16명(김포불교환경연대) 김태균신부(부산교구) 김태호(서울) 김평외1명(고양) 김학준(안산) 김한기외12명(정토회) 김한일외6명(대한불교조계종총무원원우회) 김현길교무가족 김현수(지리산산내) 김현식(성환) 김현진(안티이명박카페전북지부) 김현진(전북인터넷신문참소리) 김형근외10명(전주평화동성당) 김형성외8명(안티이명박카페전북지부) 김형주외1명(평택평화센터) 김형진(공주) 김혜경(부천) 김혜민외3명(순천대) 김혜영(수지) 김혜영(여산면) 김혜원(부산) 김혜정(고산산촌유학센터) 김호영외2명(안산) 김회인부제외8명(광주가톨릭대학교) 김희봉(당진) 김희택(광주윤한봉기념사업회) 나승구신부외3명(신월동성당) 나우권(고려대연구교수) 남가현(대전) 남규홍(울산) 남기윤외24명(전주평화동성당) 남전스님(영평사) 노병섭외6명(전교조전북지부) 노석윤외5명(경북문경) 노태익(대구) 대현스님(비로사) 도법스님과실상사신도들 도의정(서울) 동묵스님(금강정사) 동재스님외45명(화계사불교대학2학년) 동출스님(청정승가를위한대중결사) 두성균외7명(광주카톨릭대학교) 라마스님(호주정법사) 로터스리따(마중물) 마가스님외15명(천안만일사) 마리마(마중물) 마리아수녀외1명(살레시오수녀원) 모리타나오키신부(일본사이인성당) 모지희외2명(서울) 몬시뇰총대리신부외20명(천주교전주교구청) 무구심외4명(화계사) 무량행외1명(화계사) 문기덕외2명(마중물) 문대현외13명(전주평화동성당) 문명녀(수원) 문병원(서울) 문수행(무상사) 문승(인천) 문정현신부외3명(평화바람) 문종석외3명(서울촛불) 문현옥(전주) 민만기(녹색교통) 바자울(노삼모) 박○○(복직투쟁중인해고노동자) 박아그리피나수녀(까리따스수녀회) 박강조(공주) 박귀순(오수) 박금호(전국불교실천승가회) 박기성외1명(의정부) 박남준(시인) 박동훈(서울) 박문진(대구) 박미봉(동화읽는어른모임) 박미숙수녀외3명(전주교구) 박미숙(진잠성당) 박미정(진보신당경기도당) 박범수(서울) 박봉록(완주군경천면) 박상미(천주교정의구현전국사제단) 박선숙(서울수락산성당) 박성수(대구) 박세호(동탄) 박송은(대구) 박순미·박순여(공주프라도수녀원) 박승환외2명(공주) 박신영(과천성당) 박연옥외8명(남원극락암) 박영숙외3명(전북여성단체연합) 박예담(완주군) 박예분(전주) 박용훈(서울) 박원석외3명(광우병국민대책위) 박인국(경북문경) 박인섭(시흥) 박인식(전주평화동성당) 박장건(구미) 박장수(서울) 박정국(고양) 박정숙수녀외1명(까리따스수녀회) 박정희(전주관저동성당) 박종구외4명(전주사랑깃는요십이) 박종무외3명(서울) 박진외2명(다산인권센터) 박진섭소장외12명(생태지평) 박진영신부(논산내동성당) 박진형(고양) 박찬중(임실) 박창순외4명(대전) 박천길(완주군) 박태화(서울) 박한솔(서울) 박혜원(서울) 박효주(서울) 방경석(천태종나누며하나되기운동본부) 방상복신부외40명(미리내유무상통실버타운) 방현(수원대학교) 배기현(문정성당) 배무궁(광주호남신학대학원) 배병호(생태연구회사무처장) 배상천외9명(전주평화동성당) 배에밀리아수녀외2인(서울) 배인호신부외26명(화령성당안동교구) 배정황외5명(고양자유학교) 배종열외9명(평화와통일을여는사람들) 배지희(일산) 백미숙(서울) 백상일(불교언론기자) 백승순외2명(과천환경운동연합) 백승헌대표변호사외2명(민주사회를위한변호사모임) 백연선(대전) 백준현(전주) 범휴스님(미국) 법경스님(전국불교실천승가회) 법등스님(호주정법사) 법륜스님외100여명(정토회) 법안스님외3명(실천승가회) 법연(옥천용화사) 법응스님외5명 법인스님외42명(지리산실상사) 법일스님외5명(광주불교환경연대) 베로니카외1명(전주호성동성당) 변흥섭(오수성당) 보리심외2명(용인) 보현심(서울) 보현행외3명 부미경(서울) 부산지역아고라모임 사부대중35명 상주에서차량을이용해참여한학생들 서광석신부와신자들(오수성당) 서기홍(남원) 서명서외5명(8·15평화행동단) 서명석(파주) 화계사신도분들 서원교외5명(청주) 서형원(과천) 선재보살(일산여래사) 선현숙외2명(마중물) 설정스님 섬진강과지리산사람들 성해용목사 성환스님(남원극락암) 세영스님외3명(조계종사회부) 소영광(익산) 소정옥외4명(전주평화동성당) 소향자(남원하정동) 손대기(천안) 손상원(의정부) 손성문(안동교구) 송경숙외1명(전주) 송년홍신부(전주교구) 송년홍(천주교정의구현전국사제단) 송명숙(부안) 송성영(공주) 송위지(유네스코자문교수) 송재권(서울) 송점수(평택청년회) 송정희(지리산) 송지홍(서울) 송찬연(서울) 송찬엽외4명(전주) 송천홍(솔내성당) 송현정외2명(죽림교회) 서울수락산성당교사회 수암스님(화계사) 스텔라(강화) 슬픈바다(산본) 승묵스님(금강정사) 승원스님(김포불교환경연대) 신근식(서울) 신근아외3명(마중물) 신륵사 신명호(호남신학대학원) 신세균외2명(원주) 신수경외3명(서울일산) 신연숙(국시모) 신연호(수원) 신의주(청주) 신이지(지리산) 신일롱(수원) 신종원(평택연대) 신태근(임실농민회) 신하얀메(진잠성당) 신헌호(경남 양산) 신현숙(곡성문화유산해설가) 신현종(원주) 신현호(서울) 신혜성외1명(서울) 신희지(지리산) 심상민외5명(서울수락산성당) 심효진(서울) 아나니아(부천) 아람이아빠(5·18아람동지회) 안명균외6명(경기환경운동연합) 안민석(국회의원·오산민주당) 안병인(수원교구청년성서모임) 안병인(천안) 안승길신부(원주부론성당) 안언수(서울) 안주리(서울) 안충석신부(서울대교구) 안현(서울) 야운스님(남원대복사) 양기석신부외5명(과천성당) 양길승(녹색병원장) 양석현신부(완주무지개가족) 양성영외11명(민노총전북본부) 양순자(전주평화동성당) 양이원영(환경운동연합) 양재성목사(기독교환경연대) 양해석외1명(남원불교대학) 양혜진(평화와인권연대) 양홍관 양희숙(전주) 양희재(이강래국회의원사무실) 여갑동외3명(각원사불교대학5기) 여관영(공주) 여등스님외3명(수원삼불주선원) 연규영신부(전주교구) 연제식신부(괴산은티마을) 염경석외2명(전북인터넷신문삶소리) 오경희교무(진주·광양통영교당) 오관영외11명(함께하는시민행동) 오남한신부(대전) 오두희(평화바람) 오성규(환경정의) 오영미목사외1명(오산) 오영환(경남 진주) 오주희(대구) 오진화외4명(과천품앗이) 오현철(천주교교정사목위원회) 오홍근외4명 올가수녀님외1명(까리따스수녀회·월간생활성서) 왕만호외2명(서울수락산성당) 요한나수녀외13명(전주평화동성당) 용산범대위40여명 우복녀(강릉불교환경연대) 원담스님 원행스님(월정사부주지) 위현(서울) 유경순외2명(안양) 유기만(전주평화인권연대) 유럽명상원에서온유럽인들(통역:고명) 유명근(안양군포의왕환경운동연합) 유병규(평통사대전충남) 유병희(경주) 유병희(서울) 유상태목사(경기도 광주) 유영래목사(전주전광교회) 유영진외1명(의왕) 유원형(서울수락산성당) 유웅오(불교언론기자) 유인숙(대전) 유인형가족(부산) 유임경(마중물·파주) 유장훈(천주교전주교구청) 유재흠외2명(부안농민회) 유정섭외1명(인천평통사) 유정원(마중물) 유호균(부산) 유호명외2명(평통사) 유화숙외3명(전주) 육경화수녀(부천·도움이신마리아수녀회) 윤경순(서울수락산성당) 윤경아(서울) 윤라(맑고향기롭게) 윤병일(서울) 윤영이외4명(전주평화동성당) 윤재송외10명(전주평화동성당) 윤재학(서울) 윤주옥(국립공원을지키는시민의모임) 윤준영(대전) 윤준하(환경운동연합대표) 윤중덕외2명(고양시민회) 윤진영(대전) 윤현지외1명(신월동) 은성경(대전) 이강수외10여명(서울촛불) 이강실목사(전북진보연대상임대표) 이강연외3명(커널뉴스) 이강재(이강래국회의원사무실) 이거현(인천) 이경미외1명(서울) 이경민가족(대전) 이경환(대불련) 이경희외5명(당진환경운동연합) 이광우(한국CSD대외협력위원장) 이권수(불교언론기자) 이규창(부안) 이규현(전주평화동성당) 이규홍외10여명(서울수락산성당) 이근욱(광주) 이금례(전주평화동성당) 이기웅(대전) 이기현(일산마중물) 이덕우공동대표외3명(진보신당) 이덕자(천주교환경사목위원회) 이덕희(서울) 이득광(남양주) 이로벨따수녀외2명(까리따스수녀회) 이만우외6명(라디오인) 이명선(컬러티비) 이미숙외24명(화계사중고등학교학생회) 이미숙(고양) 이미숙(대전) 이미숙(서울) 이미숙(전주) 이민형(라디오인) 이부영(전국회의원) 이삼형(전주) 이상규신부외5명(전의성당) 이상애외6명(평택홍사단) 이상욱신부외14명(부여성당) 이상원외5명(공주) 이상훈(김포용화사) 이선묵(진주·광양·통영교당) 이선우수녀(서울바오로딸수녀원) 이선재(서울) 이선진(순천) 이선희수녀외10명(강진사랑의씨튼수녀회수련소) 이성구목사외5명(전북) 이성연(진주·광양·통영교당) 이성채(남원) 이성호(광주) 이세우목사(평통사) 이숙외1명(부안) 이순자(수원) 이순재외2명 이승은(생태지평) 이시재외19명(환경운동연합) 이시희외3명(대전) 이연숙외1명(영천교회) 이영미외14명(고산산촌유학센터) 이영선신부외85명(나주노안성당) 이영우신부외11명(천주교교정사목위원회) 이영준(안양) 이영훈외3명(대전) 이옥순수녀님외20명(전주평화동성당) 이요안나수녀외16명(전주평화동성당) 이요한신부(광주두암동성당) 이용재신부(전주평화동성당) 이우규(안양) 이웅재외7명(충북생명평화광장) 이원규(시인) 이원욱외1명(민주당화성을) 이윤경외2명(아산공세리성당) 이윤선외3명(목포) 이인재(부안오디팜영농법인) 이장섭외3명(안티이명박경인연대) 이재만(당진) 이재원외9명(라디오인) 이재윤외400여명(전주평화동성당) 이재준외1명(고양시민회) 이재청(전주평화동성당) 이재홍외1명(익산) 이정옥(여산면) 이정현(전주환경운동연합) 이정화(안산) 이정훈(대구) 이정희(대전) 이존택외1명(서울) 이종규(평택연대) 이종래(아산온양성당) 이종명외3명(의왕민주노동당) 이종상외1명(오산) 이종화(실상사귀농전문학교) 이주미(서울불교대학원) 이주철(전교조전북지구) 이주향(수원대) 이준영(창조한국당) 이지상(서울) 이진복(화계사) 이진영(부천) 이찬수(충남예산) 이창근외4명(쌍용시민대책위) 이철수외1명(제천) 이철학신부(서울삼성산성당) 이청산(부산민예총) 이춘성외4명(전주) 이충래외2명(부천고강동성당) 이학춘(안산) 이한표(완주) 이항진(여주환경운동연합집행위원장) 이해남외33명(도선사) 이해학목사외6명(성남주민교회) 이행은(국시모) 이현민외1명(부안시민발전소) 이현성외2명(전주) 이현주목사 이현표(마중물) 이호분외1명(전의 성당) 이효재(대전) 일광스님(산청대성사) 일도(평택) 일면스님(조계종군종교구장) 임경화(화계사) 임금이(뉴욕) 임루시아수녀(강원도원주) 임복래(전주) 임삼숙외2명(광주전남불교환경연대) 임상교신부(진잠성당) 임성호(남원물사유화저지대책위) 임수경(전주교구나바위성당) 임영(대전) 임용민(파라미타청소년협회) 임재은(평화와인권연대) 임정숙외4명(전주교구나바위성당) 임종오(공무원노조남원시지부) 임종은(남원) 임태성(전남광주) 자비행외5명(천안보명사) 장헨리까수녀(까리따스수녀회) 장경훈외8명(화성) 장길성(신덕풍물패) 장도정(대전충남평통사) 장동범외2명(용인수지) 장동빈(수원) 장민욱(임실) 장상호신부(봉동성당) 장영예(서울) 장용숙외150명(화계사불교대학1,2학년) 장윤정외1명(분당) 장윤호(과천) 장재근(안양) 장지영 장창원외1명(오산노동문화센터) 장헨리까수녀외1명(서울까리따스수녀회) 장혜신(강경원불교) 장희정(함양) 전경희(서울) 전권호(전주) 전만수외1명(마중물) 전미숙외3명(남원) 전숙(서울) 전재우 김정(고흥) 전주평화동성당사목회장외4명 전준형(전북전주교구사제단) 전철연용산4구역10여명 전해주(전주성공회) 정결(국립공원을지키는시민의모임) 정경미(강북구청) 정경수외여러명(제주) 정대현외20명의신자들(전주평화동성당) 정도영신부외2명(안동성당) 정동수(서울) 정동수(제주) 정명섭(강원의제21사무처장) 정명숙(전주덕진성당) 정범스님(종회의원) 정범구(서울) 정법화(화계사) 정병희외14명(전주평화동성당) 정삼택(진잠성당) 정상덕 교무(원불교사회개벽교무단) 정성종신부(광주중흥동성당) 정수스님(영평사대전포교원)

정숙자외10명(전주평화동성당) 정순임(제주) 정안드레아외1명(구례) 정용석(아산) 정용순(전주아중성당) 정우록(서울) 정우식외10명(불교환경연대) 정원섭 정윤심외1명(라디오인) 정은영(완주군) 정인경외1명(서울) 정인화외6명(전주평화동성당) 정인환교수(협성대) 정재권(서울) 정재우(마중물) 정준식(이천) 정준형(전주교구) 정중규(대구대학) 정지훈외3명(서울카페액션대로망) 정진경(서울) 정진서외3명(서울) 정진숙(남원) 정춘교(진잠성당) 정태경(맑고향기롭게) 정해정(공주) 정호스님외25명(오산대각사) 정홍정외15명(대불청) 정화자(상관성당) 정휴스님(전국불교실천승가회) 조건균외11명(서울경인교사불자회) 조명연신부(인천교구) 조성일(공주) 조세종(대전) 조영수외1명(전주) 조영자(관촌공소) 조영훈(경기남양주) 조영희외20명(한국여성단체연합평화를만드는여성회) 조옥경외1명(서울불교대학원) 조완주(청주) 조윤선(마중물) 조재은외15명(작은실천에서시작하는어린이책진보모임) 조주희외1명 조준희(전주숲정이성당) 조창연외2명(의왕시민모임) 조채희(두레생태기행) 조태경외15명(고산산촌유학센터) 조헬레나(서울) 조혜경(전북5·18동지회) 조홍택(서울) 조환철(기독교농촌개발원) 주경스님(서산불교환경연대대표) 주문자(마중물) 주성용(수원) 주용기(새만금생명평화전북연대) 주정숙외3명(평통사) 주호영외1명(문정성당) 중앙승가대학100여명 지명스님외15명(백령도몽운사) 지요하(막시모) 지혜성(도선사) 지홍스님 김상희(국회의원) 진만스님외60명(화계사불교대학·국제선원) 진병선(대전) 진병섭신부(광주오치동성당) 진여성외8명(비로사) 진여화(실상사) 진오스님(청정승가를위한대중결사의장) 진원스님(불교환경연대) 진정순(전국교육경영진불자연합회) 진화스님외30명(봉은사) 차진주(대한불교조계종사회부) 차호법행(화계사) 차홍도목사(완주) 채병진외1명(풍물굿패바람) 천수자(맑고향기롭게) 천주교정사목위원회 천주교정의구현전국사제단 사제단미사에참여한200여명시민 청심스님외50명(화계사어린이회) 청화스님(전조계종교육원장) 최경애외1명(불교환경연대) 최광수(인천) 최광식(인천) 최권규(조치원) 최길자안젤라수녀외1명(대전올리베따노성베네딕도수녀회) 최덕섭외16명(화계사) 최동호외30명(정토회) 최두현(녹색도시) 최무림외37명(화계사) 최문길(라디오인) 최문순(국회의원) 최미경(서울) 최병문외4명(민족문제연구소) 최병성목사 최봉규(관촌공소) 최성희(부산) 최세한(서울중계동성당) 최소영(서울) 최승국(녹색연합) 최열(환경재단대표) 최영구외4명(대전시민광장) 최은희(광명) 최인자(조치원) 최정기목사(임실영천교회) 최정도(안티이명박카페전북지부) 최정설외30명(남양주산돌학교) 최정수외1명(원성동성당) 최정옥외40명(전주평화동성당) 최지호(서울) 최지호(의정부) 최해숙(전주) 최호승(법보신문) 추경숙외1명(과천에코생협) 평등월외25명(화계사) 평택연대 하승우(서울) 하연호외4명(전북민주노동당) 하진홍(파주) 한강네트워크주비위원회 한경아(천주교여성공동체) 한광석(고양) 한광용교수(함양) 한근춘외1명(수원대학교) 한동오외4명(부안성당) 한미리(전주솔내성당) 한병학신부(광주치평동성당) 한상훈(전의성당) 한성수목사(순천하늘씨앗교회) 한세진(서울) 한은주(안중성당) 한주영사무처장외10여명(불교여성개발원) 한주희(경기안양) 한태수(지리산산내) 한태희(전주평화인권연대) 한희숙(의왕) 함세웅신부(서울대교구) 허남해외1명(민족문제연구소) 허민(수원) 허석희외1명(전주) 허용조외4명(노삼모) 허욱외1명(서울) 허정화외10명(화계사) 허주헌(서울) 현각스님(불교환경연대집행위원장) 현관스님(영평사대전포교원) 현도스님(영평사) 현종스님(강릉불교환경연대대표) 혜만스님(구리·남양주불교환경연대대표) 혜우스님(문경봉암사) 혜인행외45명(화계사불교대학상조회) 혜일스님(조계종중앙종회사무총장) 혜자스님외100여명(도선사) 호인수신부(인천교구고강동성당) 호정스님(비로사) 홍교스님(비로사) 홍성호국장외50명(영평사대전포교원) 홍승표외6명(청주) 홍주연외1명(서울) 홍학기(인천) 화계사수선회·청년회30명 환성스님(영평사) 황규돈외6명(라디오인) 황기철외1명(전교조부산지부) 황상근신부외3명(인천교구) 황선옥(서울수락산성당) 황선일(서울) 황수진(온양) 황윤미외2명(평통사) 황의옥외22명(전주평화동성당) 황인숙외4명(안성미리내성당) 히페리온(인천)

* 2008~2009년 당시 기록에 남은 참여자입니다. 이외 수많은 사람이 함께했지만 모두를 기록할 수는 없었습니다. 오체투지는 국내뿐 아니라 세계적으로도 알려져 큰 주목을 받았습니다. 현장에 참여하지 못했지만, 당시 오체투지를 언론 등을 통해 접하며 후원하거나 응원하며, 오체투지의 정신을 되새기던 모든 분이 함께 떠났던 순례길이었습니다.

길__위의 오체투지

2024년 9월 10일 초판 1쇄 인쇄
2024년 9월 15일 초판 1쇄 발행

엮은이   (사)세상과함께
기   획   (사)세상과함께
펴낸이   박혜숙
디자인   디자인공장
펴낸곳   도서출판 푸른역사
            우) 03044 서울시 종로구 자하문로8길 13
            전화: 02)720-8921(편집부) 02)720-8920(영업부)
            팩스: 02)720-9887
            전자우편: 2013history@naver.com
            등록: 1997년 2월 14일 제13-483호

ⓒ (사)세상과함께, 2024

ISBN 979-11-5612-284-5 04800
ISBN 979-11-5612-282-1 04800 (세트)